JN146519

仁淀川に染む

植木 博子

郁朋社

仁淀川に染む／目次

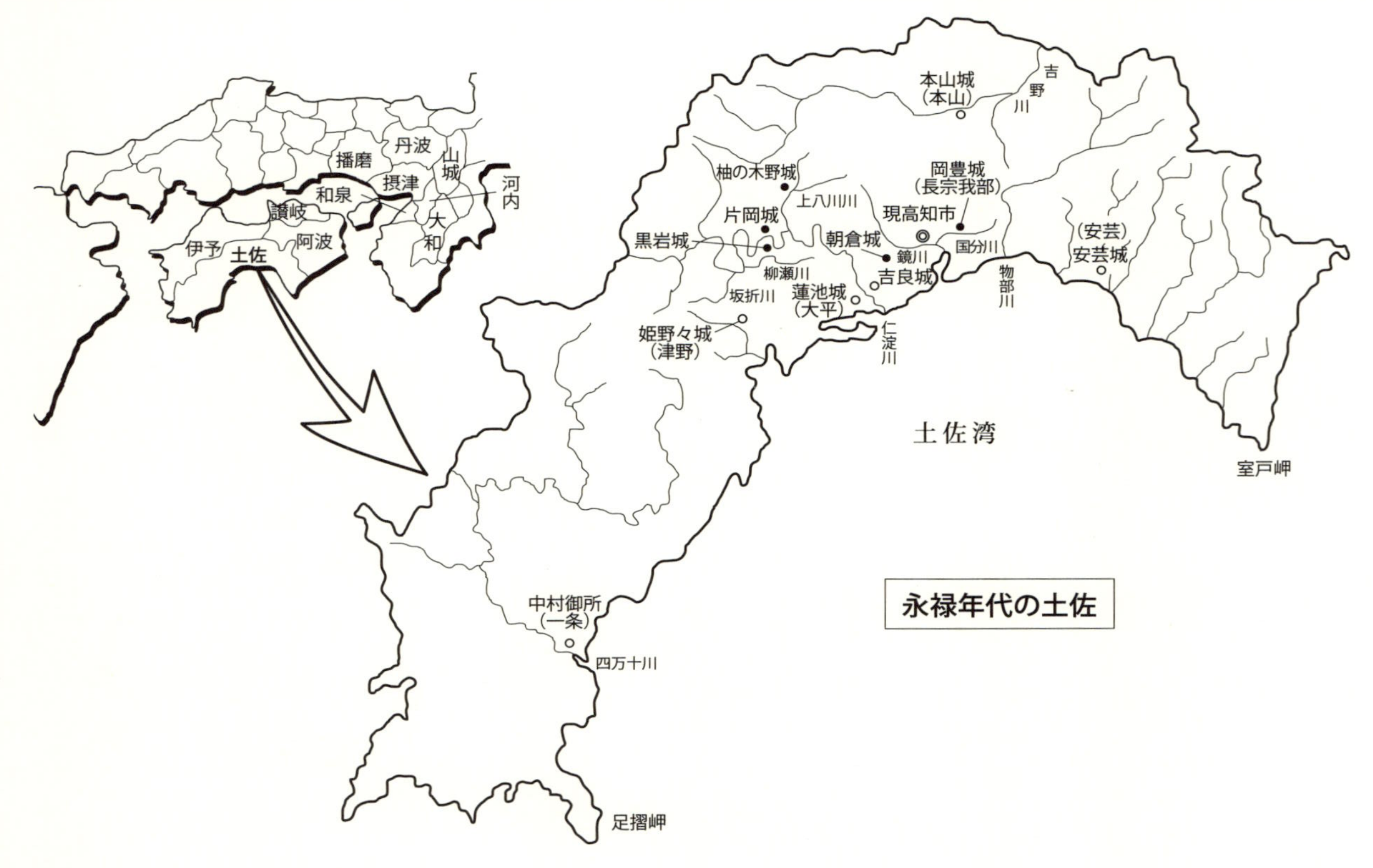

永禄年代の土佐
丹波
播磨
山城
摂津
河内
和泉
讃岐
大和
伊予
土佐
阿波
本山城
(本山)
吉野川
柚の木野城
岡豊城
(長宗我部)
上八川川
片岡城
現高知市
黒岩城
朝倉城
鏡川
国分川
(安芸)
安芸城
柳瀬川
吉良城
物部川
坂折川
蓮池城
(大平)
姫野々城
(津野)
仁淀川
土佐湾
室戸岬
中村御所
(一条)
四万十川
足摺岬

仁淀川に染む

藤田右馬介　―京の夏―

一

藤田右馬介は永禄四（一五六一）年の夏、土佐ではなく京にいた。

身分を隠して僧のなりである。

寝泊まりするのは崩れかけた土壁に日陰を頼った掘っ立て小屋。六角頂法寺（京都市中京区）前の道端で、二人の僧と粟粥を炊き、飢えた人々に勧進（接待）をしている。

以前からこのあたりや鴨川の河川敷には、こんな小屋が建ち並んだという。勧進聖や有徳（富裕）の家から使用人が出され、食物や襤褸を与えて非人乞食（京都に流れこんできた難民）の命を繋いでやっていた。

だが、応仁の乱（一四六七～七七年）以来戦乱が絶えることがなく、都自体が荒んでしまったこの頃では、押し寄せる流人に厭いたのか、行き倒れた死骸の異臭に慣れたのか、あるいは自分も飢えていなくなったのかは知れないが、接待小屋の数はめっきり減っている。

藤田右馬介が故郷（くに）に帰る期限は近づいている。だが二十日前ここを通りかかり、飢え人の群れとふたりの僧の必死の姿をみて、これは手伝わねばなるまいとにわかに決めた。

のちに弘治（こうじ）の飢饉（一五五七年頃〜）といわれる大飢饉のさなかのことである。

中世は毎年あちこちで飢饉が発生し、疫病が満ちていた。戦が田畑を踏み躙（にじ）るうえ、戦費欲しさの臨時課役がやまないのだから、こうなるのはむしろ当たり前だった。

また、地球規模でもこの数世紀は異常気象だったらしい。人心が険しくなったことと無関係ではないだろう。

——いいかげんに帰らにゃあならんが……。

片岡（かたおか）（現高知県越知（おち）町）を出てからすでに一年半が経っていた。京がこのありさまなら、いくら仁淀川（によどがわ）がゆうゆうと流れる片岡の郷とて、無傷ではなかろうと右馬介は思う。妻のみつも、夫が帰るのを待ちわびているだろう。

——だが、こうまで悲惨な事になりはせん。わしらには立派なご領主さまがついておられる。

土壁に囲われた裏の家の主はどこに流れていったのか。鬼瓦や門扉の釘隠しにも家紋の入った、もとは瀟洒だった邸宅の崩れ落ちたさまをみながら、右馬介には一片の同情も浮かばない。壊れた屋敷が釜を沸かす薪（たきぎ）になればそれでいい。いや、ようやく人の役に立ったというものである。

——わが殿ならこうなる前に蔵を開け、蓄えを百姓に分けあたえたろうな。

「お坊さま、もう煮えてはおらんかや」

釜の下から恐る恐るの声がして、右馬介は考えをとめた。

ぼんやりかき回していた大釜は、今や煙をあげて、粟の粥がふつふつと硫黄色に煮えたっている。路上にへたっていた飢え人らがいつのまにか間近まで寄ってきて、窪んだ目を光らせ喉を震わせている。爪先立って中を覗こうとする連中が後ろにたかり、出遅れて心配になったものたちも立ちあがって小屋に群がりはじめている。

「勧善や、みなさんを一列にしてあげなさい。何度でも炊きますからと言って安心させておやり」

釜の傍に腰をおろし、杖に顎をのせて、通りを眺めていた年かさの性善が、勧善と呼ばれた若い僧に声をかけてからゆっくり腰をあげる。壁に凭れたまま、起きあがれないでいる老人を見つけたのである。白髪が抜け落ちて、身体は乾いた小枝のようだ。壁を這う日陰に合わせて体を躙ることもできない。あの弱りようなら、まずは今日一日の命と知れたが、この高齢の僧は最後に粥を舐めさせてやろうと思ったのである。

「さあさあ、順番、順番。みなさんの分もちゃんとありますよって」

勧善に正されて無理やり列に押しこまれた人びとの大方は、干上がった田畑を捨てて都に流れこんだ近隣の百姓であろう。腰が曲がり、痩せているのに腹だけが膨らんで、ひどい臭いを放っている。女はそれでも髪を縄でしばり、太布（楮で作った生地）の貫頭衣を着ていたが、男たちは烏帽子も被らず腰のまわりに襤褸を巻いただけ、それでもあばらが浮きたって見苦しいのに、素っ裸のものもいた。若いものがいないのは売られたか、戦で人質にとられたからだろうし、幼子がいないのは今日まで生き延びることができなかったからだろう。

顔を手拭いで隠し、瀬戸物のどんぶりを抱えた女も列に混じっている。近くに住む下級貴族の家人かもしれぬ。都が荒れ果てても、頼むべき権門や親戚がなく、まともな領地もないとくれば、逃げだすこともかなわない。雇っていた侍も姿を消した今では、難民の列に紛れ、こうして貧しい粟粥をもらっているのである。落ちぶれた武家からきたらしい中間や、町に住む貧民らも混じっていて、粥を待つ人々の数はいよいよ増すばかりであった。

「ほれほれ、あんさん、割りこんだらあきまへんがな」

ひ弱そうな体つきの勧善が遠慮がちにたしなめても聞かないところは、妙善——藤田右馬介は、ここではそう名乗っている——の出番である。

「こら、列を乱すんじゃない。おい、そっち、食べ終わったらすぐ器を返してくれ。椀の数が足りないんでな」

ひと声で乱れは収まった。僧服から覗く厚い胸板や太い手足に、みなぎょっとするのである。

だがせっかく粥にありついても、歯が抜けおち身体が弱って、呑みこむ力がないものもずいぶんいる。焼けた地べたに尻をつき、粥を喉に流しこむ半裸の群れは、気の毒というよりこれが本当に生きた人間のありさまなのかと思われるほど哀れで、右馬介は今日もまた呆然としてしまうのであった。

炊き出しがすんで群れが退いたあと、人心地つけた三人は、東に歩いて鴨川に向かった。河原には毎日のように下人が捨てられる。死人はもちろんのこと、生きていても病気や年をとって役に立たなくなれば、莚と握り飯を持たされて草の上に置き去りにされる。三人はそれらを探し出して供養をし、鴨川に浮かべて仏にしてやっているのである。

性善に身体をさすってもらっていた老人も今では小さな骸となっていた。右馬介と勧善が戸板に乗せて河岸まで運んだ。小石のちらばる岸辺に寝かせてみれば、身体の厚みは一寸とない。性善が額に「阿」の字を書いて、何ごとか唱え、そのあと右馬介が流れに浸してやった。

――何のために生まれたのだろう。

板切れのような骸をみて、右馬介は考えずにはいられない。ここまで生きたのはあの軽さになるまで飢えるためか。路傍でのたれ死ぬためか。今日が最期と感じたあの老人は、どれほどわが身が情けなかったろう。

「粟もついに底をついた。勧善に妙善さん、今夜中に小屋をたたまねばなりません。粥もないのに集まってきてもらうわけにはまいりませんからな」

老人の供養がすんだあと、年かさの性善は河原の大きな石に腰をおろし、首筋を手の平でぬぐった。今日は河原に死体が少なかった。さしもの大飢饉も収まりかけているようである。西に傾きかけた陽射しはあいかわらず強いが、夏至のころの高さをとうに失って、性善の痩せた陰を右馬介の足元まで延ばしていた。

「長いあいだ、ご苦労さまでございました」

勧善がうやうやしく老僧に手を合わせたので、右馬介も同じようにした。

「いやいや、ふたりともご苦労でした。特に妙善さん、二十日前に手伝うと急に言うてこられたときはたまげたが、いや、あなたのおかげで最後まで奉公ができました」

若い勧善も、右馬介に頭をさげる。

「ほんとうにそのとおりでございます。妙善様がその立派なお体で睨みをきかせてくれたおかげで、盗人に襲われずにすみました。わたくしだけではとても性善様をお守りできなかったでしょう」

「とんでもございません。おふたりの姿に感じ入ったまで。わずかでもお役に立てたと思えばうれしゅうございます」

神妙に答えて右馬介は、勧善と並んで老僧の前に腰をおろした。まともに陽射しを受けたので思わず目を閉じれば、晩夏の風が額にそよいだ。

――たいした人助けではなかったろう。だが、最後に勧進ができてよかった。

「ところでな、妙善さん」

「……はい、性善さま」

微風に身をまかせながら、右馬介はこたえた。

「本名をなんと言いなさる」

ぎょっとして目を開けた。皺に埋もれた顔が前に迫っている。

とっさに身を固くした。

性善が、はっはっと笑って歯をみせた。

「いやいや、あんたが腕達者なことはとうにわかっておる。今も腰刀の柄の位置を一瞬で確かめたろう。わしらを切り殺すなど、あんたには蠅(はえ)を打つほどの手間もいるまいな」

「……侍(さむらい)と知っておられましたか」

「目をみればわかりますじゃ。それも腕の立つ武士(もののふ)とみた。だからあんたの隣で二十日も安らかに寝たのじゃよ」

柔らかな目の光に気圧されていた右馬介は、思わず両手を膝に置いて頭をさげた。

「一瞬なりとも刃を思い出すなど……非礼をお許しくだされ」

「かまうものか。わしらとて勧進聖と尊ばれるようなものではない」

えっ、と二人を見比べた。

「だが、親子とは知っておられたろう」

あわてて、さらに見比べる。仏門に帰依して善行に励む人たちの素性をあれこれ想像するような心根を右馬介は持ちあわせていない。だがそう言われてみれば、笑った時にできる口元の皺がえらく似ている。頬骨の目立たない細い顔の形も、やや左に曲がった鋭い鼻梁もたしかにうりふたつである。

「……おふたりは、そうであったか」

「なんと、このお侍さまのたわいない」

年若い勧善が口をすべらしたので一瞬むっとした右馬介だったが、たしかにずいぶんとうっかりしていた。返す言葉もなく、首をもぞもぞかいた。

実はこの二年近くというもの、藤田右馬介は膨張を続ける三好長慶勢の足軽に雇われて、近畿一円走りに走り、あちこち嗅ぎまわっていたのである。それが主君・片岡光綱の命であった。だが、もうここまでと切りをつけ、戦場を離れて故郷の方に足も心も向いたからには、あれほど人を欺きつづけ、こちらは決して騙されまいと始終張りつめていた心がすっかり緩んでしまった。勧進聖とみえたものを疑ったりあれこれ詮索したりすることなど、もうしたくもなかったのである。

——とはいえ、戦のない地も飢えのまっただなかだった……。

この時日本は、統制というものが全くとれていなかった。

いまや足利将軍家の値打ちは、下剋上に奔走するものがかつぐ錦の旗印にすぎない。

力をつけたものは、将軍の地位でもめている誰かに取り入って、政の実権を握ろうと算段している。

最近までその筆頭は細川氏だったが、父を細川晴元に殺された三好長慶が三人の弟と力を合わせて長年の栄華を断ち切った。前年の正月には大軍を率いて上洛し、将軍（義輝）に謁見、今年は今年で偏諱を賜わった嫡男三好義長も重臣松永久秀と上洛した。三好の領国は讃岐に阿波、淡路に播磨、摂津に丹波と広がって全盛にもみえるが、松永久秀の反目など火種をかかえていて、内に堅固さはない。

都まわりには近江に六角、紀伊、河内には畠山が蟠踞しているし、越前では、一乗谷に守護代から最初の戦国大名にのぼりつめた朝倉がいる。

また尾張を平定した織田信長は、前年の五月に駿河の守護、今川義元を桶狭間で破り、三河の徳川家康と同盟を結んで東海の勢力図を塗りかえた。

北では、越後の王となった長尾景虎が関東管領上杉家の名跡を相続して北条を攻めに関東に出兵、その後信濃に出て、武田晴信と何度目かの激戦の準備をしている。

中国には大内氏を滅ぼし、石見銀山をおさえて得た富を背景に、もと主家にあたる尼子氏を呑みほさんとしている毛利元就が油断なく、九州ではその毛利のおかげで大内の持っていた守護職を易く手に入れた大友義鎮が、領国を過去最大の六国に肥やした。さらに名門、薩摩の島津も出番を待って雌伏しているというふうで、天下は十にも二十にも切り刻まれている。

このごたごたにいつ収拾がつくのか、誰も想像すらできない。

「日本は、こうまで広いのか」

土佐を離れて二年近くたった、右馬介の素直な感想である。

土佐は土佐で戦国の真っただ中であった。

扇子面が東西に広がったような細長い国土の中に七雄といわれる有力国衆がいて、互いに覇を競っている。だが、この中に入らない武勇の集団もそこらに跳梁し、大小の戦闘軍が国中に溢れかえっている。いつもどこかで戦がある。

土佐一国で五百をゆうに超える山城があるのである。ちなみに当時日本全体では数万の山城が存在したという。

その土佐の、真ん中あたりの内陸部に領地を持ち、戦を避けて領国を守ることに腐心しているのが、右馬介の仕える片岡光綱であった。

しかしその光綱が何度となくまわりの豪族を集めて話し合いを繰り返し、戦を避けようとあれこれ画策しても、たがいの思惑や利害がぶつかって思うようにはいかないでいる。

土佐はなんと大きいのだろう、光綱様は優れたお方だが、長宗我部国親の狡猾さは油断がならない。本山茂辰は父の本山梅慶に似て武勇に優れ、長宗我部より早く土佐の中原を押えに入ったし、幡多（高知県四万十市）の一条殿は権威と富でいまだ他を圧倒しているなどと、右馬介は土佐に生きる人々をことさら荒々しく、土佐で起きる戦乱をことさら激しいものと考えていた。

だがこの二年、本州で右馬介は何をみたのであろう。

三好長慶は摂津を拠点に近畿四か国をあれよあれよと領国にしていった。戦のたびに兵を増やして富を増し、上洛したときの軍勢はなんと四万である。片岡では日頃は鍬を持つものに槍と一枚楯を持たせて歩兵にしたてても、軍兵の数は三千にも届くまい。

軍備も桁が違う。

——だが、わが殿ほどのお方には、最後まで会わなんだのう。

領主、片岡光綱の、涼やかな立ち居振る舞いを瞼に浮かべるや、右馬介は胸が熱くなった。空を見上げれば、夏にはめずらしい、流れるような白い雲。

懐かしい主君にみえる。

「お健やかであられますか、わが殿、光綱様。藤田右馬介、無事でござります。期限通り秋には戻りますので、どうかご安堵くだされ」

知らず、声になっていた。

「……もしもし、お武家さまよ。いろいろお考えの最中で申しわけござらんが、そう時間もない。まずはわしらから話してよろしゅうござるかな」

我にかえると、隣に腰かけていたはずの二人がいつのまにか石からおりて、右馬介の前にかしこまっている。

「お武家さまよ、今日まで身分ある僧のふりをして、申しわけございませんでした。だが、勧進の心に偽りはなかったですじゃ。私は太助、これは我が子の七助と申すもの。昔から名字のあるようなものではございません」

右馬介は慌てた。

「な、なにを始めたのだ、さあ、立たれよ。お二人のなされたことは非常に尊い。跪（ひざまず）かれるいわれはないぞ。話があるならまずは元のように座ってくれませんか。小石の上に正座などできるものではない」

「やはり、あなたに打ち明けようときめてよかった」

もとの大石に座り直した太助は、まず周りに人気（ひとけ）がないのを確かめた。

「……我らは、人を探しておるのです」

「人を……」

「最初からお話しします。我らは、奈良は興福寺（こうふくじ）、一乗院（いちじょういん）の荘民でございます」

「興福寺か……」

右馬介は腕を組んだ。

「藤原五摂家の氏寺（うじでら）の、あの興福寺のことか」

「はい、そのとおりで」

「それなら一乗院（いちじょういん）は、大乗院（だいじょういん）と並んで興福寺の二大塔頭（たっちゅう）のことだな。昔から門跡をめぐって内輪もめばかりやらかす、あの一乗院だろう」

「恐れいりまして」

「い、いや……何も、おぬしらのご領主の悪口を言う気はないのだ。だが、わしはどうにも、貴族というものが好かん」

「さようでございますか」

「そうだ。どうにもいかん。男のくせに武術も心得ず、せいぜいが蹴鞠をするぐらいのなまくらな身体だ。しかも顔に粉をはたいて額に丸い眉を描き、歌をかわしては女遊びに明け暮れている。そのくせ金欲に物欲、名誉欲はすさまじく、手に入れるためには庄民や足軽、得体のしれない野伏まで雇いこんで自分らの代わりに戦わすのだから始末が悪い。貴族などいなければそれでよし、それが無理なら、せめて今の半数にでもなってくれたら、どれだけ世のためになるかわからん」

「これは、これは……かたよった見方にもほどがありますなあ」

太助はあきれた。

「貴族やお公家にも武術に長けておられるお方、凛々しいお方は昔からたくさんおられますよ。たとえば後醍醐天皇の皇子、護良親王は天台座主でありながら北条高時を討つという父上の密命にしたがい、還俗してからは武芸に励み、ついに七尺の屏風を軽々飛びこえるほどになられたそうな。孫子や呉子など兵法にも広く通じておられたそうです。足利直義の手のものに殺されたときも相手の刀の切っ先を噛み切って抵抗なされたという。なんとも雄々しい姿ではありませんか。護良親王のように勇猛なお公家さまはけっこうおられるのです。描き眉や白い肌は尊さのおしるしにちがいありますまい」

「元亨、正中（一三二四年ごろ）のことではないか。まったく、いつの話をしておる」

正直、貴族を見たことはなかった。ちなみに土佐にも身分の高い一族はいる。幡多の一条氏がそうで、応仁の乱の際、元関白の一条教房が下向してみずから荘園経営を始め、そのまま土佐に住みついた。元関白にして従一位。皇族をのぞけば貴人中の貴人である。代が替って武力でも強大となり、今では国司大名さながらだが、右馬介などが直接会える人々ではない——会いたくもないが。かわりに現当主、一条兼定の度が過ぎる放蕩ばかりが聞こえてくる。

「そりゃあ探してみればひとりやふたり、気骨のあるやつはいたかもしれん。だが太助さんよ、いまのこの都のありさまをどう思う。いくさとなれば住処を捨てて使用人も放ったらかし、自分だけとっとと領地に逃げていくこのふがいなさをどう思うのだ。金が足りなくなれば、もっともらしい名目を考えだして、貧民から税を集めて食い物や衣装代にし、歌舞やら連歌やらで毎日遊んでおるのだろう。あの裏の家のみぐるしい様をみてもやつらの正体がわからんのか」

「話が先に進みません。どうか、その話はあとで」

「そうか……そうだな、いや、すまん」

　貴族を知らぬ田舎者だと馬鹿にされたような気がしたのかもしれない。右馬介は反省した。

「話を続けられよ。もういらぬことは申さん」

「あなた様のおっしゃる通り、一乗院の門跡は近衛さまと鷹司さまが代々お継ぎになられます……ところで、お武家さま、お名前をうかがってもよろしゅうございますか。むろん、命に代えて誰にも申しません。我らもお武家さまを信用して初めて名前を申しあげました」

　右馬介は頷いた。

「藤田右馬介と申す。一昨年前に土佐からきた」

「……土佐ですか」

若い七助の口元が笑ったようにみえた。

「おい、今わしを、田舎者と馬鹿にしただろう」

「まさか、そのようなこと」

「では土佐を、辺境、遠流の地と思ったな。たしかに土佐は南国道の果てもはて、山が人を阻み、食い物もここらとは違う。民の言葉はお二人には通じんだろう。だがな……」

「もし、藤田さま。また話が横道にそれました」

「おお、すまん。わしとしたことが」

実はこの一年で初めて、右馬介は何も気にかけずに話をしているのである。胸にためこんでいたあれやこれやがどっと噴きだしているのだろう。

目を閉じた。

「さあ、存分に話してくれ。もう決して口をきかん」

「では申します。先ほど申しあげた通り、我らは父と子、一乗院さまの荘園で田畑を耕していたものでございます。一乗院さまには毎年のように京から尊き方々が遊びにお出でになります。春は梅見に桜の花見、盆には燈籠御覧に念仏踊り、秋には菊見が催されて、連歌や曲舞、猿楽など京の雅なたしなみが、我が奈良の地でもそれは華やかにおこなわれるのでございます」

「むむ……」

またしても腹がたってきたが、さすがに口に出さなかった。

「藤田さまにはあまりお気に召さないでしょうが、その時我ら荘園の民もお声がかかってお招きにあずかるのです。風流踊り（一種の仮装行列）や盆踊りを披露すれば、たくさんご褒美がいただけるので、我らも楽しみなのでございますよ」

――どうせ、爪の垢ほどのものをもったいぶって与えているのだろう。自分らが百姓からせしめるものはその十倍、いや百倍だというのに。

右馬介は、うれしそうに話す太助が腹立たしいというより、気の毒になってくる。

――わが殿に一度でも会えば、正しい領主とはこういうものだとわかるんだが。

「ある年、近衛さまの、関白までなされた尊いお方が下向されまして、我らの村の娘たちが風流踊りを披露しました。お寺で用意したとりどりの小袖を着て、紫式部や伊勢など貴人に扮し、百人一首を吟じながら、色紙のついた笹の枝を振り振りその方の前であでやかに踊ったのでございます。その中に小野小町に扮した美しい娘がおりまして」

「おう、そのおえらいお方が見初めたというのだろう」

「よくおわかりで」

「誰でもわかるわ。わが土佐にも一条殿というのがおられてな、そいつが毎日やっておるのが大体そういうことだ。ひどい話よ」

「なぜ、ひどいのでございますか。娘の母親は我が子が見初められて大喜びでございましたよ。なにせ、亭主をなくして貧のかぎりをつくしておりましたからな。名字に扶持米、衣服や奉公人が与えられ、娘とともに京都に住めるようになったのです。生まれて初めて絹の着物を着たのです。もう地べたを這いつくばって百姓をしなくてよいのですよ。これほどの親孝行がありますか」

「……そうか」

「そうですとも。その娘のおかげで、我が村は夫役（労働税）も一年外されました。紫蘭は村一番の娘でございます。生まれ落ちた時から匂いたつほど美しい赤子でありました」

「紫蘭というのか……お前も見たようにいうではないか」

「もちろん見ました。京に世話についていったのが我ら親子でしたから」

「……ふうむ」

「私は村の百姓代で、妻とこの子の三人で暮らしておりましたが、かの方のご配慮で名字を与えられ、りっぱな衣服を頂いたうえ使用人までつけてくださって、紫蘭さまとその母とともに、京の隠れたお屋敷に住むようになったのでございます。それが十五、六年ほど前でしょうか」

なつかしそうに太助は目を細めた。

「さる方は、紫蘭さまをそれはそれは慈しまれて、まもなく美しい女のお子が生まれました。我ら夫婦にも、二番目の子ができましたので、わが妻は乳母も兼ね、皆でたいそう幸せにくらしておったのです。それが……いくさです」

いまにもまして、そのころ京の都は混乱をきわめていたという。

当時政を握っていたのは細川晴元で、対立していた将軍とも和睦し、臣従する三好一族を使って、なにかとうるさい河内の勢力を潰そうと画策していた。ところが従っていたはずの三好長慶がその河内の勢力、遊佐長教と同盟を結び、晴元に刃向ってきたのである。摂津、河内、山城は戦乱状態になった。京を警護する三好の軍勢がいなくなったとみるや、田畑を潰され、家を焼かれたものたちがどっと京に押し寄せ、もとから不貞をはたらく輩も勢いづいて激しい略奪が始まった。

「われらもあわてて、大和の一乗院さまの領地へ逃げる準備をしておりましたが、間にあいませんでした。略奪は一夜にして京を埋めつくしたのです。さる方は近江坂本(おうみさかもと)におでかけで、どうすることもできません。お屋敷は火を放たれ、塀を破られてあとからあとから賊が乗りこんできました」

「屋敷を守らせてはおらなんだのか」

「見廻りは三人おりましたが、暴徒に寄ってたかって殴り殺されてしまいました。我らもそのものらに立ち向かいましたが、何分にも多勢に無勢、ぶちのめされて、あっというまに地面に転がされてしまいました。屋敷一つが潰されるのにまず半時とかからなかったでしょう。意識が戻って我に返り、身体をひきずりながら紫蘭さまの寝所に行ってみれば、なんということ、喉をひとつきでみずから果てておいででございました。衣服の乱れもなく、清いままのお姿でございました」

「おお、あっぱれじゃ」

右馬介は膝を打った。

「姫御は、けだものらに蹂躪されるより正々たる死を選んだか。武士の矜持にも劣らん」

「わずか十九でいらしたのですよ。あっぱれとはなんということを」

太助は涙を流した。

「すまん、悪かった……それで、生まれたての子はどうした。それとおぬしの妻と、やはり生まれたばかりのおぬしの子は?」

「紫蘭さまの母は斬死体となって、紫蘭さまのそばに転がされておりました。私の子は、暴徒に踏みつぶされ、とうに息絶えておりました」

「それは、むごい。なんということだ」

右馬介は歯ぎしりした。

「わしがおれば、全員叩き切ってやったわ」

「ありがとうございます」

「許せ、太助。わしにはおぬしの悲しみがわからなんだ。どうか許してくれよ」

深々と頭をさげるので、太助は微笑んだ。

「藤田様、とうにすんだことどございます。我ら二人は朝に夕に手を合わせ、毎日供養をしております。皆そろって、楽しく天で過ごしておるようでございます……肝心な話は、これからです。どこを探しても妻と紫蘭さまのお子がいないのです」

「……奪われたか」

目を吊りあげる。

「押し入って盗みを働く気持ちはこの乱世である、まあわからんでもない。しかし、火を放ったり、あまつさえ人を殺め、女や子供を略奪していくとは……この藤田右馬介、はらわたが煮えくりかえる」

「私も七助も情けなくかわいそうで、地に伏し、声をあげて泣いておったのですが、妻がお子を連れて逃げ出したのを見たというものがあとで出てきたのです」

「逃げたか！」

「我らも勇んで、それからひと月もふた月もあちこち聞きまわり、探しまわりました。京の家という家を一軒一軒しらみつぶしに探っては、陰から見張り、どこかに妻の姿が見えはしまいか、子の泣く声がしないかと、最後には山林に草むら、河原の死体まで一体ずつひっくり返して見てまわりました。ですが、ここ京に二人の姿をみつけることはついにできなかったのでございます」

「ううむ……」

右馬介は腕を組む。僧服を着た太助の、老いて痩せた身体が、河原の石の上でさらに縮んだ。首を垂れる息子の七助も、すっかり疲れ果ててみえる。

「さるお方も、あとでこのことをお聞きになり、どれほどお嘆きになられたものやら……。実は我らは紫蘭さまとお子をお守りできなかったことがただただ申しわけなく、お会いに行く勇気もございませなんだ。また尊いお方、我らがお会いすることは、もはや叶わなかったでしょう。もう大和にも帰れず、頂法寺の前で乞食をしておったところをお寺に拾われたのです。それから十余年、お寺に住まわせてもらい、下働きをしております。それが今から三つき前のこと、お寺においでになる方々の口の端に、十四年前の戦乱の話がのぼり、中の一人が、尊いお子を連れた乳母が丹波の亀山（現京都府亀岡市）あたりまで逃げたと話すのを聞きかじったのです。おお、間違いない、それこそが我が妻、と身体が震えました。よし、探しに行こう、と一度は思い立ってはみたのですが……やめたのです」

「なぜだ」

「もし、その話が本当で、しかも、もし運よく生きていたとするなら、我が妻は誰かの妻となっておるか、乳母として暮らしておるはず。乞食のような我らが出掛けていってどうなるものでもない。妻や相手の家に迷惑をかけるだけだろう」

右馬介は黙って頷いた。

「だが、もしですよ、二人とも生きてはいる。だが貧のどん底で救いがないような日々ならば、どうにかして助けてやりたい」

うむ、と言いながらも、右馬介はぼりぼりと頭をかいた。

「まあなあ……そもそもが、雲をつかむような話だが」

「藤田さま……土佐にお帰りになるのであれば、どうか亀山まで少し足を延ばして、我が妻とお子を探してくだされ」

ついに太助が言った。

「お願い申します」

口を挟もうとするところ、七助も分け入って声をあげる。

「父と話されるのを聞きながら、藤田さまがいかに心根の正しいお方かよくわかりました」

青い坊主頭をさげる。

「腕も確かであられます」

それから二人は石からおりた。

「……我らはお寺に勧進をする許可をいただいて、藤田さまのようなお方が近づいてこられるのを毎日待っておったのです」

「なんと、そうだったか……」

「藤田さま、お願いです。妻とお子を見つけだし、幸せそうならそのまま、もし不幸にまみれているならば、どうか藤田さまのお国に連れ帰って、穏やかな暮らしをさせてやってください」

そろって右馬介の前に手をついた。

「うわさをつないだだけの話というのはわかっております。亀山周りにいないようなら、どうぞ、そのまま土佐にお帰りくだされ」

「お願いいたします。お願い申しあげます」

それから深々と頭をさげたのである。

二

そんなわけで藤田(とうだ)右馬介(うまのすけ)は、太助の妻と紫蘭の子を探すことになった。

最初の計画では、京から南にくだって摂津に入り、三好の勢力地をたくみに避けながら備前に出て讃岐に渡るつもりだったが、京を西に出て山陰道を通り丹波を経由することにした。たしかに遠回りだが、帰国の期限までまだ余裕はある。

坊主頭に破れ笠、僧衣の上に菅(すげ)で編んだ蓑(みの)をつけ、腰には水を入れた竹の筒、三連の数珠を両手にかけて南無妙法蓮華経を唱えていれば、誰も相手にしたくない乞食坊主にみえる。あっちへ行けと蹴飛ばされ罵声を浴びせられることこそあれ、槍や鍬を握った物盗りに命を狙われることはなかった。

丹波口（京から四方に延びる街道の出入り口の一つ）から京を出て山陰道を歩き始めたのが長月半

ばであろうか。そのころからまたしょぼしょぼと水が空から落ち始め、それがいつしか長雨になった。見ず知らずの地をさまようには、ほとほと気の塞がれる永禄四年の悪天候である。

とはいえ、街道自体はそれほど難路ではない。立川越え（土佐から四国山地を越えて阿波に抜ける道）のような険しい所は老ノ坂（大江山、京都府）にあったが、大体は平坦な山里の道である。あたりにはなだらかな山なみが続いて、その稜線を杉の木がかたどっていた。山肌には楠の大木やブナも混じってみえているが、切畑に続くふもとあたりは竹林が繁茂し、視界の真ん中あたりを茫洋と占めていた。

――故郷ではあのあたりに椎や樫がかたまって生えておるんだが、ここにはあまり見当たらん。それにしても、百姓が住むところはどこもなんとなく似かよっているものだな。

しばらく進んだあたりで雨脚が強くなった。

うつむいた竹の群れがざわめいたかと思うと、灰色の雲が遠くの山に被さった。近くの丘も霧が隠したので、景色はにわかに縮んでしまった。雨は背中の蓑を強く叩き、笠を打つ音は耳元に激しくて、息まで苦しくなってくる。右馬介は、笠の緒をゆるく結び直した。

――なんという変化だ。これが、この地の風土か。

気がつけば街道の右側に、しだれ柳が延々と植えられている。

捨ておかれているのだろう。半分は朽ち、残ったものも形が崩れ、驟雨に打たれてだらりと立つさまは闇夜の竹林より気味が悪い。荒地（不作が続いたり、百姓がいなくなって耕作されなくなった地）が雨水を吸って街道の両側に沼のように広がっていた。

その荒地の奥に、霧に見え隠れする民家が二軒ある。

茅葺き屋根が雨に打たれるまま、辛うじて掘っ立て柱にぶら下がっている。訪ねてみると、老いた男が一人ずつ住んでいた。一人は土間に座ったまま落ちてくる滴に身じろぎもせず、もう一人は積みあげられた枯草に潜(もぐ)ったままである。右馬介の問いに、声も出さねば顔もあげない。

――これが飢饉。

右馬介は無言で家を離れた。このあたりは飢饉で落ちぶれて、空気さえ重苦しく流れていたのである。

だが飢饉がいくら酷(むご)いといっても、戦に遇うよりましである。

「七度の餓死に遇うとも、一度の戦いに遇うな」と言い伝えられるほど、戦は民の日常を壊滅させてしまう。

松永久秀が襲った波多野秀治(はたのひではる)の領地あたりまでいくと、イナゴの大群が通ったあとのように、藁(わら)小屋すら失われていた。

侵攻軍は敵地の生産破壊を徹底しておこなう。これを刈田狼藉(かりたろうぜき)というが、水田や麦畑はいうに及ばず、山腹の切畑や杉の林、水路や水源池にいたるまで、相手の年貢になりそうなもの全部を潰していく。もちろん民家も襲う。食いものを奪い、人質になりそうな若者や女を乱取(らんどり)（略奪）して、火を放っていくのである。戦は手段など選ばない。

――そういうわしも三好軍に入っていたのだ。

焦土を進みながら右馬介は唇を噛みしめた。

小荷駄足軽（戦いには参加せず、兵糧や兵具を運搬する足軽）として雇われただけである。戦いには一切出なかった。そう自分に言いきかせながらも、道端に捨て置かれた死体をみれば胸が塞がれた。無理やり戦わされた百姓の最期かもしれない。

飢饉の村を通ったかと思えば戦で潰された地を歩く。人家をみつけるたびに訪ねるが何の甲斐もない。最初の二日はこんなふうだった。

そのあと水損の被害も少なく、暮らしのたっている村に入った。ほっとした右馬介はさっそく名主の家を訪ねた。欠落（田畑を捨てて逃亡すること）して都に流れた百姓が呼び戻されるときに、うまく紛れこんだのではと踏んでいたのである。都から出ていく連中はさまざまだが、太助の妻はもとはといえば百姓である。気心の知れた百姓連中について行くのが一番たやすくまた安全であろうと考えたのだ。

最近の村の様子を名主に詳しく聞き、欠落して戻った百姓の家を一軒一軒訪ね歩いた。都ではどんなふうにすごしたか。どんな人に会ったか。こんな人をみたことはないか。こんな話を聞いたことはないか。忘れているなら思いだすまで辛抱強く待って、右馬介は民の話を聞き続けた。

だが、肝心な話は出てこなかった。

どこの村でも、出ていった百姓の半分ほどしか戻ってなかった。戦に巻き込まれたものもいるだろうし、飢饉で命を落としたものもいよう。自分が帰ることすらままならないのだ。余分につれて帰るわけがない。民らは皆こう言った。

亀山から園部（現京都府南丹市）の集落まで探したあと、山陰道をはずれて南西に、篠山（現兵庫県篠山市）あたりまで探し歩いたころには、十日ほど経過していた。

　これが最後の一軒と決めた民家を訪ね終えた右馬介は、畔道まで出ると、立ちどまって空を見上げた。

「どこかで無事でおってくれ。南無妙法蓮華経」

　合掌した。これだけ探していないということは、こちらには来なかったのだろう。

「許せ、太助」

　そのあと、右馬介の心は主君・片岡光綱への思慕でにわかに覆われた。

　戦に潰された村や、飢饉に侵された人々を見るたびに、右馬介は主君を思いうかべた。

　――光綱さまがこの有様をみたらどうなさるだろう。怒りで胸が張りさけておしまいになるかもしれん。

　繰り返しそう思ったのである。

　破れ傘をはずして頭をかけば、半寸ほど毛が伸びている。僧衣の裾を端折って腰に差しいれれば、太もものたくましさはあいかわらずである。

　幸い雨もやんでいた。

　隠していた腰刀を着物の上から差し直すと、藤田右馬介は姿勢を正した。

「わが殿、片岡光綱さま。藤田右馬介、ただいまより御前に馳せ参じます。どうか、今しばらくお待ちくだされ」

　首を垂れて「南無八幡」と唱え、目を見開いて土佐の方を向いた。

見送ろうと出てきた百姓はたまげたろう。さっき数珠をつまぐっていた坊主が、いつのまにか裾をからげ、腰刀を弓手(ゆんで)に抑えながら大股で歩き去るのをみたのだ。その姿は前かがみに畔道を抜け、山の切岸にとりつくや、するするよじのぼって、まもなく藪の中にかき消されていった。

藤田右馬介は山道を歩き続けた。

三好軍にいたとき、あらかたの地理は覚え、どの山容の方に進めば丹波から摂津に抜け、摂津から播磨を通り、それから淡路に入れるか大方は頭にある。子供のころから山ばかり歩きまわっていたのだ。山の傾きから清水のありかが予測できるし、口にいれていい草木も毒をもつ茸もわかっている。小動物の食べ方も慣れたものである。またこのあたりは、近年人がさかんに立ち入るようになって、熊のような大型の捕食動物は奥深く姿を隠したので、襲われる心配はまずなかった。襲ってくるといえば追いはぎくらいのものだが、少々の人数なら自分のほうが強いという自信もある。

歩を早めずとも、期限には十分間に合う。だが先を急いだ。帰ると決めたからには一刻も早く主君に会いたくなっている。

谷川を越え、崖を何度も這いあがった。バンドリ（モモンガ）が大木に移り飛ぶ気配を頭上に感じ、ヤマガラがツイツイと鳴くのを近くで聞きながら藤田右馬介はひたすら進み続けた。

どのくらい進んだのか。

暗闇に覆われて、右馬介は歩くのをやめた。見上げれば黒い杉の枝葉に囲まれた天空に星はひとつもない。目印となる遠くの高い山が見えなくなってしまった。

——光綱さま、申しわけござらんが、陽がのぼるまで少し休むといたします。

とたんに、ふくらはぎが腫れ、足腰が極限まで疲弊していることに気づいた。背中の蓑を敷いて、大木の下に寝るつもりだったのだが、

——もう少し寝心地のいい所を探してみるか。どこかに洞とか、山賊がうち捨てた小屋でもないものか。

見回せば、杉林が山肌に沿って少しくだったあたりに、ぼんやり黒い塊がみえる。小さな小屋のようだ。闇に浮かびあがるのは、中で火が使われているからである。

——山賊か、百姓か。

ゆっくり近づきながら、右馬介は腰刀を確かめた。

——あの小屋なら、中の人数はせいぜい三人。足軽か欠落した百姓だろう。まずわしのほうが強い。こちらは泊めてもらえればいいのである。芋でも食わせてもらえればいうことはない。しかし、それは甘かろう。どんなものが潜んでいるのかわからない。せっかくここまで繋いできた命を、三好か波多野の残兵の槍で失うことになりはせんか。

このとき小屋に向かうのをためらわなかった理由を、右馬介はあとになっても説明することができなかった。

やはり何かの運命だったのだろう。

近づいてみると、みすぼらしい掘っ立て小屋だった。今までみた中で一番哀れである。四本の細い杉の幹にぐるりと縄を張って家の外回りとし、それに莚を掛けて壁に、杉の皮を並べて屋根にしてい

る。

——まさに縄張りだな。

柱もなければ戸板もない。中は広いようだがそれでも二間四方ほどか。杉の木に縄を括りつけただけの小屋の、壁としている莚を通して、煮炊き用でも明かりとりでもある薪が細々と燃えているのである。

裏に回ると、燃料に使うのであろうか、木の皮や小枝の束が壁と積まれて雨露に遭わないように筵で覆われ、木鍬や籠が立てかけられている。そこから十畳ほどの切畑が三枚、下へ向かって開かれていた。

——これほどを耕しているのか。

何かの理由で村には住めなくなった百姓か、あるいは都の落人か。

右馬介は腰刀を僧衣に隠した。絡げていた裾を戻して背中の笠を目深にかぶり、胸から数珠を取りだした。気配を消して近づいてみる。中から話し声がしてくる。入口とおぼしき莚をそろり持ちあげると様子がみえた。

——中年の男と、その妻。真ん中にずいぶん老けた女がいる。男の母だろう。一寸平方ほどの炉の中で木屑が燃えている。それを囲んで三人が何か食べている。横には莚にくるまって寝ている子供が三人。生まれたばかりの赤子もいる……なんと、こんなところに六人が住んでいるのか。

子供が三人いる。右馬介は胸が痛くなった。

「もし、道に迷いました聖でございます。一晩泊めてくだされ」

声をかけた。

「食いもんはねえ！」

いきなり老婆が怒鳴ってきた。気づいていたのか、唾でもかけてきそうな勢いで睨みあげている。

「乞食坊主やろう。去ね」

「いや、食べ物はいりませぬ。端の方で寝かせていただければそれでよろしゅうございます」

「ほなら、外で寝ればええじゃろう。まださほど寒うはねえ」

「母よ、何をいう。お坊さまじゃで」

男が立ちあがって――正確にはまっすぐ立ちあがることができるほど天井は高くないので、腰を曲げたまま――右馬介に近づいた。

「母が失礼を申しました。お坊さま、入ってくだされ」

「妙善と申します。一晩御厄介になります」

三人の座る莚の端に、草鞋を脱いで正座する右馬介を、老婆はじろじろ眺めまわした。

「ちっ、文無しのくそ坊主め。もう少しましな人間が通らんのか」

三椏でこしらえた貫頭衣の上に杉の皮で作った胴着を巻きつけた老婆は、頭多袋に突っこまれた木の枝のように干からびていたが、落ち窪んだ目は異様に光っている。

「お前が銭でももっておれば、うちのゆきをくれてやるんじゃが、文無しにやるわけにはいかん」

こちらに背を向けて寝ている子供のひとりがびくっとした。

「母、やめてくれ。子は誰にも売らん」

男がたしなめる傍で、中年の女が粟粥の入った器を差しだした。

「これほどしかございませんが、お召しあがりくだされ、お坊さま」

右馬介は手を合わせた。

「いただかなくても大丈夫でございます。幸いそれほど空腹ではございません」

「こんな山奥で道に迷うたのじゃ。腹が減ってないわけはねえ、お坊さま。遠慮はいらんで」

男が女から器をとると、右馬介に握らせた。

「さあ、食うてくれ」

不覚にも涙ぐみそうになったが、右馬介は頭をさげ、無言で粟粥を食べた。自分たちが都で作っていたものよりはるかに薄かった。

「どうしてこんなところにおられる、お坊さま」

「人を探しておるのです……そうだ、こんな話を聞きませんでしたか」

男に話した。

「……乳母の方は夫の年からして、たぶん五十にもなるでしょう。娘のほうは十四歳。色が白く、大変美しいそうです。どこかでそんな話を聞きませんでしたか」

「それならうちのゆきじゃわい。あれもそのくらいじゃ……もう少し下じゃったか。いや、かまいはせん。乳母というのは、そこのサネでよいわ。まだ四十ほどじゃが、どうでもよかろう」

老婆がわめいた。

「さあ、二人を殿さまのところに連れていけ。その話なら少しはええ金になるじゃろうて」

サネと言われた嫁は黙って目頭をおさえた。

「母、ええかげんにせえ。ゆきに聞こえるでねえか」

老婆は汚れた歯をみせて笑った。

「聞こえるもなんも、わしは毎日ゆうてやっとる」

たまらずサネが顔を覆ったので、いよいよ勢いづいた。

「たくさん食うなよ、はよう家の役にたてとな」

「お坊さま、わしらはそんな話、聞いたことがねえ」

母親を睨みつけて話を遮（さえぎ）ったあと、男が右馬介に言った。

「その隅しか空いてはござらんが、お坊さま、もう、お休みなされ」


その晩、藤田右馬介はよく眠れなかった。

土の上に杉の皮を並べて家の床とし、莚を敷いただけの寝床だったが、こんなものにはこの二年で慣れている。また、老婆の、ウシガエルがひきつけたような鼾（いびき）にもなんとか耐えられた。たまらなかったのは、しくしくという声が深夜までやまなかったことだ。サネと言われた嫁が莚の中でむせび泣いているのである。

――まったく、口の悪い姑もいたものだ。あの嫁は毎日がどれほど情けないだろう。莚の中で聞かされる子供はもっとかわいそうだ。これも貧しさのせいか。貧もここまで極まればまさに塗炭（とたん）の苦しみだろうな。

夜明け前になって右馬介はようやく眠りに落ちた。

いっときも寝ただろうか。

皆が寝静まっている明け方、莚から起き抜けた。音を立てぬよう外に出ると、冷えた空気が全身を覆った。伸びをして深い息をし、振り向けば、そこには今にも潰れそうな小屋があった。

——ここで人が暮らしているのだ。なんとか生きているのだ。

手を合わせる。

——仲よう暮らしてくれ。

山道を歩き始めた。もう少し明るくなったら野ウサギでも捕まえるか、などと考えながら熊笹の中を進んでいた時である。

「もし、お待ちくだされ。お坊さま、お待ちくだされ」

後ろから声がする。

返りみれば、さっきの家のサネが、息を切らして追ってくる。小さな子供を一人引っぱって、こちらを目がけて走ってきた。

「この子をお連れください。お願い申します」

追いついて息を整える母親の傍で、子の方は目をこすりこすり、つっ立っている。藁の頭巾に、首から大きな蓑を、はだしの足には藁草履、胸には小さな包をもたされていた。十歳ぐらいだろうか。耳の下で髪が切られているので痩せた首がひょろりと目立つ。ろくろく身体も洗えないのだろう、顔も手足も薄汚れて乾(かわ)いた土のような色、足の指先まで小枝のように細い。みるも貧弱な女の子である。

「ゆきといいます。お願いします」

右馬介は仰天した。

「連れていってくれとは……また、どういうことですかな」

「夕べお聞きになったでしょう。この子はあの人に売られてしまいます。少々のお金欲しさに、どこにやられるかわからないんです」

母親は必死の目を向けた。

「お願いします。お助けください。お坊さまを信用いたします。どうか、お助けください」

「……実はわたしは、これから土佐まで行かねばならんのです」

横目で女の子をみながら右馬介は答えた。

「深い山や谷を越えて、何日も歩かなくてはならんのです。こんな小さな子供には無理でしょう」

「いいえ、大丈夫です」

ひきさがらない。

「この子は毎日山を歩いて、木の実や薪を集めています。見た目よりずっと丈夫です」

それからこう言い放った。

「お坊さまなら、人助けをなさいまし」

右馬介はぎょっとした。たしかに坊主と名乗って、あの家に泊めてもらったのである。

――これが紫蘭の子ならいうことはないのだが。

そう思ったとき、自分はまちがっていないか、と藤田右馬介は感じたのである。

——紫蘭の子なら助けるのか。目の前に助けるべき人間がいるのに、それを放ってておいて?

「お坊さま、どうか、お助けください。お坊さまの傍に置いてやってください」

母親はついに地面に伏した。子供の方はようやく事情を呑み込んだのか、しくしく言いはじめ、母親にしがみついた。

「お母さん、うちはお母さんと離れとうない」

「ゆきや、お前が不幸になるのが、お母さんは一番つらいんだよ」

そう言って抱きよせる。右馬介はどうしていいかわからず傍に立っていたが、家の方から、

「サネやあ、サネえ、どこにおる。ゆきはどこじゃあ」

という老婆の声が聞こえてきた。

びくっとした母親は、さらに強く娘を抱きしめて、右馬介をするどく睨みあげた。

すさまじい気迫である。右馬介の体が震えた。

——そうか……これが、昨夜あの小屋をみつけた理由。わしが僧の恰好をして、一泊の恩をいただいた理由だ。

胸元をまさぐる。

「この中に多少の銭がある。これでゆきを買う。それでよいか」

母の頬がひきつった。

「い、いや、案じてはならん。ばばさまのためである。決して売りとばしたりはせん」

銭袋を握らせる。

「わしが育てる」

「あ、あ……」

声を絞りだした。

「……ありがとうございます」

「大切にいたすので、決して案じるな」

僧侶の使いそうな言葉を忘れてそう言うと、子供を抱き起こした。土を払ってやってから両手で支えてまっすぐ立たせ、顔に覗きこむ。

「わしについてくるか？　母上と約束したからには、かならずお前を大事に育てる。どうだ……ゆき？」

そろそろ顔をあげて、子供は小さな二つの目で右馬介をみつめた。それからゆっくりうなずいた。

二人の、枯葉を踏み、笹をかきわける音が次第に遠ざかって、ついには耳から消えてしまうまで、サネは頭をさげたまま動かなかった。

——あの人は僧侶ではない。

訪ねてきた時から感づいていた。

だが僧侶なら正しくて情け深く、ほかのものは信用できないのか。民はみじめで愚かしく、侍は平気で人を殺し、貴族は傲慢で身勝手と決まっているのか。

——そうではなかった。

大きな寺院なら安心だろうと戸をたたいて、わけを話す前にがしりと閂をかけられたことがある。貧しい武家の女がこっそり近づいてきて銭を持たせてくれたこともある。見てみぬふりで遠ざかっていく百姓もいれば、寄ってきて、背負い籠から山の芋を分けてくれた百姓もいた。

いろんな人がいる。それがこの世だ。信じるべき人は、自分で見極めなければならない。いつしかサネは学んでいた。

——あの人の目を信じた。

これまでに二人の人間を信じ、頼って生きてきた。

十五年前に別れた最初の夫と今の夫である。どちらも貧しく、大方からみれば哀れな存在だ。だが二人には誠実というものが宿っていた。

暮らしは貧しかったが、しみじみとした幸せというものがあった。それが二年前、男の母親が舞い戻って地獄が始まった。ゆきを目の敵にしてひたすらいじめ抜く。ゆきの持つ何かが、決して自分の生きざまとは相容れなかったのだろう。ゆきの持つ何かを激しく嫉妬したのだろう。

サネはもう一度待った。あの目を持つ人が現れて、今度はゆきを助けてくれる。

そして昨夜、あの男がきた。目にはあの光があった。

それに賭けたのである。

笹の音が消えてしばらくしてから、ようやく身体を起こした。

——どうか、ゆきさまをお守りください。南無観音大菩薩。南無観音大菩薩。

十回唱えれば願いが叶うといわれている。

右馬介から渡された銭袋を握りしめて、サネは十回唱えた。

それから目をあけて掌を開いた。

たおやかな絹で織られた深緑の布袋である。口を結ぶ組紐は色あせていたが、もとはあざやかな紫だっただろう。

袋の端には、家紋のようなものが縫いこまれている。

――これは、揚羽蝶（あげはちょう）？

指先でなぞる。

かさりと動いた気がした。

――あっ。

触れるのをやめて目をこらした。

たしかに、羽が動いている。かすかな動きに合わせて埃が払われていく。

みじろぎもせずにサネは動きを追った。

ふいに蝶は金色に変じ、まばゆい光を放った。

一瞬のことだった。

気がつけば、夜明けの光がサネに降り注いでいる。銭袋はもとのまま、サネの手の中にあった。

震える手で握りしめた。

ゆき　――仁淀の秋――

一

煙がたなびくように見えたのはススキの穂だった。

ゆっくりくだる大河の岸辺を光りながらどこまでも波うち続いている。

とうとう土佐まで帰りついた。

――光綱さま、あと少しでございます。

今朝はついに、新居ケ浜(高知県土佐市)から仁淀川をのぼる船に乗った。半日もすれば片岡に戻る。

神無月の終わり（おおよそ今の十一月下旬）の、よく晴れた日のことである。

仁淀と呼ばれる大河の水は、秋の空よりも澄んでいる。水面を覗きこむように迫る峰の木々をもとの姿よりあざやかに映しだしている。

「ああ……きれい」

思わずゆきが声をあげた。

「おじさん……妙善（みょうぜん）のおじさん……にえよど川はきれいねえ」

小さい船の先頭に右馬介は座っている。がっしりした体は船底にやっとおさまっていたのでその窮屈さにやられ、案外強い晩秋の陽差しにも疲れたのか、身体を左右にねじり、首筋の汗を手の平でぬぐった。

「ゆき、この川はにえよどではない、仁淀（によど）と言うんじゃ」

「いーや、おうとる」

年のころ五十とおぼしき船頭は、一番後ろに立って、ゆっくり棹を差している。

「ゆきというにゃあ、ちと色黒やのう」

みずしらずの娘にこんなことを言っても嫌味でないほど、ここは田舎なのである。

それにしても、ゆきが十四にもなっていることを右馬介が知ったのは、旅を始めてからまもなくである。着ているものがあまりにみすぼらしいので、通りかかった日切市（ひぎりいち）で着物を買い求めたとき、店のものに年を聞かれてゆきが答えたのだ。肉づきが悪いので、そんなになっているとは思いもよらなかった。

なるほど、古着ながら薄桃色の小袖を着させてみれば、太布（たふ）の貫頭衣よりずいぶんましにみえる。目も鼻も小さくて地味な顔だちだが、反対に嫌味なところもない。だが何分、痩せて顔色が悪い。家に着いたら思いきり食べさせてやらねばと、右馬介は思った。

ところでこの船頭の着ているものとて、貧をつくしたゆきの家族となんら変わりはない。額に粗い縄をねじり巻き、穴をあけた楮（こうぞ）の太布を被って腰のあたりで縛っただけ。手も足も付け根からむき出しである。この時代、都の暮らしを離れれば、着るものなど体に巻きついて、暑さ寒さがしのげればなんでもよかったのである。

船頭は日に焼けた裸の右足を踏んばって、竹の棹をまた深く流れに挿(さ)しこんだ。

「見てみいや、娘っこ。仁淀川はまっこときれいやろう」

見るまでもない。そこらじゅうが川から湧きたつ清浄に満ちている。

「昔からアイ（鮎）やウグイやアメゴ、ほかにも清い魚がよおけ捕れる。それをほら、都の贄殿(にえどの)（宮廷の料理庁）さまがほしがってな、天上びとが食べなさったがよ。そんでにえどの川と呼ばれ、いつのまにかによど川になったがやき」

「ほほお、おやじは、なかなか学があるな」

右馬介は感心して振りかえり、日に焼けた小柄な船頭を眺めた。

「ここらでは、みなおやじのように、ものを知っとるのかな」

この船頭、片岡の家臣かもしれない。だが、ただの船頭かも、こうみえて紛れこんだ曲者かもしれぬ。領主に会うまでは気を許さぬと決めていたので、右馬介はあいかわらず旅の僧のふりをしていた。

船頭のほうは、そんなことも知らないのかというふうに口をとがらせる。

「片岡(かたおか)さまの御威光で、山伏や木地師(きじし)（山に住み、木材を轆轤(ろくろ)で加工して器などを作る人々）、戦で逃げおちたお方から乞食まで、よおけのもんが集まってきますきに。ここにおりゃあ、広え世(ひれ)のたいていのこたあわかりますがよ」

「ふうむ」

顎(あご)髭をそろりとなぜて、こみあげてくる誇らしさを押し殺した。

「わしらは都のほうから来た。ご領主の話を聞いたので、なんとかお目にかかりたくてな」

「ほらあ、えれえお方じゃきにのう。うわさが広がるんも無理はねえ」

ゆきは船の縁から手を伸ばし、光る水面に指を挿しいれた。

「冷たい！」

ここらの風習らしく、船頭が舌をチョッとならして、したり顔をしてみせる。

「そらあそうよ。この川はな、ほら、大石鎚(おおいしづち)（愛媛県石鎚山地）から流れ出ておるのよ。神々の水を溶かして中津(なかつ)や安居(やすい)の滝を真っさかさまじゃ。こんまい流れを全部吸いとってな、安徳(あんとく)天皇のお住まいのそばをくだってきとるやき。清いことこの上なし」

「ほおほお」

首の後ろに手を突っこんで、汗ばんだ背中をもぞもぞかく。

「なんという陽気、暑いくらいじゃわい……だが、おやじ、さっきの仁淀川の名のことじゃがな……わしは、平城(へいぜい)天皇の皇子さまが伊予に流れついてこの川をご覧になったとき、淀川(よどがわ)に似ていると申されたので、似淀(によど)という名がついたと、ものの本で読んだことがあるぞ」

「そんなこたあ知っとる。じゃが皇子さまには悪いが、もひとつおもしろうないが」

年かさの船頭はまたも小さく舌打ちした。

「似とるんはそっちの川のほうじゃき。こんだけの川がどこにあるが？　見てのとおり、天下一。のう、娘っこ」

船頭を見上げてゆきは大きくうなずいた。

「はい。うちは、今までこんなにきれいな川を見たことがありません」

「そうやろうが」

黒い顔を大きくほころばせ、船頭は歯をみせた。

「お前はなかなかええ子やのう」

ゆきはほんとうに、これほど澄みわたった、これほど大きな川を見たことがないと思った。新居の河口から半日近くも川中で揺らされながら、山や田畑がゆったりと移るさまをみているうち、なんともいえない安堵感が胸に広がっている。

霜月も近い今日という日が晴れて暖かく、水面を走る風が袖口に入って心地よいからかもしれない。新居ヶ浜で小魚を干していた若い漁師が、娘が流れていくとみて不憫に思ったのか、莚からつかみ取って握らせてくれたのがありがたく、人の情けに心が温もったからかもしれない。

だがなんといっても、突然一緒に旅することになった妙善と名乗るこの男が、桃源郷に連れていくという約束を守って、ほんとうに夢のように澄みきった川のほとりに連れてきてくれたからだろうとゆきは思う。

二十日前までは、丹波の山でかろうじて生きていた。毎日祖母に詰られた。

――女と生まれたからには、さっさと売られて役に立てえ。

涙が膨れあがってくる。

「この川は天下一です。ここに来れて、ほんとうによかった」

こっそりぬぐっていると、前に座る右馬介が不意に声をあげた。

「ゆき、見てみろ、あの山を」

右手を斜め高くにあげる。

川は長い年月をかけて地をえぐりその土砂を運んで、深い谷とそそりたつ尾根をつくっていくが、その尾根が目の前にあった。

ゆきたちのいる川からいえば、頂上まで百七十間（約三百メートル）はあるだろうか。

鋭い角度で一気にのぼりつめていく山肌に、立木といえるものはほとんど生えていない。

頂きは平たくならされて、緑の濃い喬木（たかぎ）が植えられているので禿鷹（はげたか）の頭のようにみえる。

幅三間ほどの二階建ての櫓（やぐら）がある。造作されて間がないのであろう、遠くからも杉板の白さが際立っている。

「あれは……」

そういえば、この船に乗ってすぐ、川岸にこれと似たような光景をみかけた気がする。

「……山城（やまじろ）？」

前で右馬介がうなずく。

しかし、ゆきがみた他のどれも、これほど険しくこれほど高い山ではなかった。

「これが片岡（かたおか）殿の法厳城（ほうごんじょう）か……そうじゃな、おやじ」

船頭は黙って船を操る。近づくにつれてゆきの目線もだんだんと上へ上へと持ちあがっていく。

山肌には縦や斜めに熊笹や荊（いばら）が生えている。猪子（いのこ）の背のようだが、これは頂上まで水を引くために埋め殺して造られた樋や、竪堀を隠すために植えられたものである。竪堀には、落ちた敵兵を突き通す鹿垣が仕込まれていることは戦国の世、いまさら言うまでもない。左右の尾根はばっさり断ちきられ、鋭い谷に替えられて、法厳城を切り立った独立峰につくりかえていた。

頂上の櫓は物見と武器庫も兼ね、いざとなれば領主が家臣と籠る天守である。二人の番兵が長槍を持って立っていた。遠目の利くものなら、その奥にある守護神の社（岡本神社）や、立木に隠された三の段の食料庫や、二の段の寝小屋も認めることができただろう。

こうした、それ自体が武器である山と、頂上の城がひとつになっている山城こそ、この時代のもっとも確かな戦闘兵器である。

穏やかな晩秋の昼下がり、母親に逃がされて渡った土佐という見知らぬ土地。そこで夢のように広がる風景に初めて心を潤し、行く末に安堵しかけていたその矢先に、ゆきは世にも荒々しいものを目にしたのであった。

右馬介のほうは、待ちかねた領主の威に触れてただただ感激するばかりである。

「おお！　い、いや、なるほど、なるほど……噂どおり、いやそれ以上の城ですなあ。土佐の山中でこれほどのものを見ようとは……日本は、広い、広い」

法厳城の真横の位置まで近づくと、船頭は棹を休め、額に巻いた粗い縄を解いた。

「亡くなられた茂光さま、跡を継ぎなさった光綱さま。わしらがこうやって無事に暮らせておりますんは、すべて片岡さまのお陰でございます。ああ、ありがてえ、ありがてえ」

膝を折り、山に向かって長々と頭をさげる。右馬介の感は極まった。

「ここいらの土地はみんな、片岡さまが守っとられるきに。長宗我部元親さまともええようにやっておられる」

右馬介はこっそり目元を拭いている。

「……そのうち、ゆきも聞くだろう……片岡茂光殿は、それはご立派なご領主だったそうだ」

賛意のしるしに、船頭は口を一文字にした。

「……じゃが、土佐を平らげにかかった長宗我部さまがここに目を向けたとき、正面きっての戦いからおりられた。わしらの土地を救われたがです」

「そうじゃ、そのとおり！」

思わず大きく膝を打ったので、船頭は驚いた。

「お坊さん、なんでそないに知っとんのじゃ？」

あわてて、打った手で膝をなでまわす。

「い、いや……なに、都で土佐の人に会うて、話を聞いただけだ。聞きかじり、聞きかじり」

話を変える。

「そういえば長宗我部元親のことも方々から聞こえてきたな。昨年の初めに初陣を果たして、一挙に土佐に躍り出たと、みな、なにやら騒いでおったぞ」

「へえ、そりゃあもう、たいした評判ですが。皆が元親さまを、土佐の出来人と呼んでおりますきにのう」

そのうち、法厳城と隣の山から流れる痩せ尾根が川に向かってくだるあたりに、人々の住処が広がってくる。

平地が少なく段丘に積み重なるように建っているため、家々のありようがみてとれる。どれも小ぶりで、板塀に茅葺や杉板を乗せた粗末な造りだったが、朽ちて立ち枯れていたり、壊れたまま捨ておかれているものはない。どの家もそれなりに手が入り、間を縫って山へ向かう道は小ざっぱりと片づいて、柿の木が色づいていた実を板塀から覗かせている。

笠を被って川沿いの道を歩いている農夫らの姿もみえたが、やはり船頭のように太布を着て腰に荒縄を巻き、むきだしの足には草鞋（わらじ）姿。だが竹籠を背負って歩く様子は軽々と楽しげにさえ映った。

住んでいる人の平穏な暮らしぶりが川からも窺（うかが）える。

「ここが片岡の村か……なかなか、気持ちのいいところだな」

「誰でもなんとか食うていけますきに……襤褸（ぼろ）しか着られんが」

「そうか、それなら言うことはないな」

「去年から片岡光綱さまが、あの片岡城にお住まいになっとられるき」

船頭は誇りとするものが思ったように評価されたことに満足したのか、しみじみと、しばらく棹を休めたので、船はゆるゆると片岡村の横を通っていく。

家々が並び、段丘に沿って小道があがっていくその奥に、大きな板葺きの屋根の一群が上にも横にも広がっていた。遠目でよくはわからないが、黒く塗られた板塀から覗く松やいちょうの風格からも、城主の誇り高い暮らしぶりが感じられる。

「茂光様は昨年の秋、お隠れになったがです」

「うむ……」

「七十七歳であられた。天寿を立派に終えられた」

右馬介は合掌して長く低頭した。

ゆきが小さく問うた。

「ここでおりるのですか？」

「いいや、わしらが向かうのは、この片岡村よりもう少し先じゃ」

「そうとも」

再び棹に力をこめた。

「船旅はもちいとあるがよ。仁淀川はここいらからぐるっとほら、左まわりをしての、それから北に向いたかと思うたら南に向いて、柴尾(しばお)の船着き場から柳瀬川(やなせがわ)に入らにゃあならんで」

「そこが黒岩(くろいわ)……そうだな？」

船頭は相好を崩した。

「そうとも、お坊さま、ゆきんこ。黒岩の町をみて、今度こそ二人ともほんまにびっくりするろう」

片岡村を離れると、しばらく人家は姿を消す。

左右から山が怖いほど迫り、木立ちの枝葉が川の中ほどまで入りこんで、自然の隧道(ずいどう)のような、昼でも薄暗くひんやりした場所を潜りぬけると、船頭が言うように、仁淀川は大きく流れの向きを変え始める。

初めは少し南に折れて軽く半円を描くが、続いて北西に半里ばかりまっすぐ進む。そのあたりは一段と山が高く険しくなり、大河のつくる渓谷が延々と続く。そして、また左に流れはぐるりと回りこみ、南東に、さっきと同じだけ進むのである。

そのあいだにも宮ノ谷川など小さな流れをいくつか飲みこんで、川上に進んでいくが、広い土地を囲んで曲がるために、上流とはいえ地理的には南にくだっているのである。

この大蛇行が氾濫と豊穣をもたらしたのであろうか、曲がるたびに内側には沃地が形成され山肌には段々畑が作られていた。今成、越知、柴尾の順に集落がみえ、最後の柴尾村で、仁淀川が引き入れたのは柳瀬川である。

視界から山影が遠のいて、かわりに沖積平野が広がってくる。

落合（川の合流点）には船着き場があった。

杉板を張りあわせた六畳ほどの突堤を、丸木が下から支え、まわりの土手を石で固めたなかなか立派なもので、大小の川舟が太い縄で繋ぎとめられている。ここより川上の水運には丸太が使われるが、これもいくつか土手にあげられ草に寝かされて、天日干しにされていた。

脚絆と草鞋をつけた上半身裸の男たちが、わっせえ、わっせえと言いあいながら、着岸したばかりと思しき船の荷をおろしている。傍の掘っ立て小屋には、形や大きさが不揃いの荷が、人の背丈ほども積みあげられていて、髪を細縄で括って後ろに垂らした二、三人の女が忙しなく動いている。上流で伐られた木を川に流して集荷し、また流下することを川狩というが、夥しい数の丸太が元と末を縄でつながれて、岸に沿ってぎっしりと浮かんでいる。

目にも盛んな水運の営みを横に見ながら、棹をさばいて仁淀川の支流に乗りいれた船頭は、おう、これでやれやれじゃきと、肩を回して首を捻（ねじ）った。

「柳瀬川に入ったか……そろそろ黒岩（くろいわ）かな」

「そうともよ」

景色が移るのを夢中になってながめていたゆきは、ふいに我にかえった。思えば丹波の山を出てから二十日あまり、新居ヶ浜からでも半日におよんだ長い旅であった。

——とうとう着く。

「あの……まだ、なんも聞いておりませんけど」

また小声で問いかける。

「これからうちは……」

「大丈夫」

右馬介は振り向いてにっこり笑った。

「桃源郷に連れていくという約束を、わしは守ったろう」

「はい」

「それなら心配せんと、黒岩の町とやらを、一緒に見ようじゃないか」

うなずいた。

母が自分の命をこの男に託したとき、子供ながらにこの人は大丈夫だと感じたのである。危ない山道では握った手を放さなかったし、崖では何度も背負ってくれた。毎日なにがしか食べさせてくれたので少し太ったような気もする。

きれいな着物も買ってくれた。おう、なかなか似合うぞと言った目には人柄が滲んでいた。

だからついていくのをやめなかったのだ。

――お母さん、あと少しでつきます。ゆきは無事です。

胸で手を合わせた。

二

そのころ片岡では、領主の片岡下総守光綱が城の西にある茶室にいて、床に花を入れていた。

庭木に隠された部屋は晴れた日なかでもしんと冷え、炉の鉄窯だけがちりちりとわずかな音をたてている。前には夢窓疎石の墨跡がかかっている。長宗我部国親から父・片岡茂光に贈られた軸である。国親は昨年の初め、父もその秋に病没し、長宗我部では長男元親が、片岡でも同じく長男の光綱がそれぞれ跡を継いだ。

花入れに生けられたのは、庭の山茶花。外では素朴な花だが、渋みが勝った薄暗い室内では、はっとするほど白く映えた。

表に人の気配がする。

「お屋形さま」

「久兵衛か。入れ」

床から離れて躙り口を開けると、音もなく庭石を踏んで、農夫のなりをした男が姿を現した。

「帰ってきたか」

「はっ」

男は地面に片膝をついて、光綱に一礼した。

「確かに、右馬介であったか」

「確かに、藤田殿。この目でしかと確かめました」

領主は安堵で顔を上気させた。二年のあいだ、案じない日はなかった。

「よかった……痩せてはおらんか」

家臣は笠を解いた。

「遠目にも日に焼けよく肥え太り、ますます達者な様子でございました」

二度大きく頷くと、光綱は表情を和らげて立ちあがった。

「まずはなによりだ。おまえも今日は川岸を行きつ戻りつ、ご苦労だった。茶でも入れよう。あがってこい」

「と、とんでもございません、お屋形さま……それより、藤田殿はやはり女を連れております」

一人で帰ってきていないことは、片岡の手のものが摂津で確認して以来、光綱には知らされている。

「右馬介のこと、何か理由があるのだろう」

「どこかの姫御でも連れてきたのかと思うておりましたが、そこらの農民のようでございました。まだ幼く、粗末ななりで、顔色も悪く……」

「それは右馬介から聞くこととしよう」

光綱は炉の傍に戻って座った。

家臣は慌てて平伏した。

「お、お屋形さま……某ごときが、いらぬことを……お許しくだされ」

領主は笑顔をつくった。

「気にせんでよい」

光綱には光春という男子がいる。だが身体が弱く、八歳になっても季節ごとに風邪を引く。妻のほうも臥せりがちでなかなか次が望めず、家臣には先々を心配するものも多い。久兵衛という家臣もこのあたりのことを言ったのである。

子供は多いほどいい。武門の常識である。男子ももちろん必要だが、女子にも劣らぬ値打ちがあり、婚姻という政治は最も確かな手法の一つである。

「ご苦労だった。さがってよいぞ」

「御屋形さま。今一つ、上八川から知らせにございます」

「上八川……直季に何かあったか」

「いえ、上八川さま（直季のこと）が、天気が良いので、久しぶりに理春尼さまにご機嫌伺いをすると申されて、直参を一人連れて、黒岩まで馬にて参られるそうでございます」

「……そうか」

目の光が柔らかくなる。

「右馬介には今日はゆっくりして、城へは明朝登るよう伝えよ」

一人になるとゆっくり茶入れを持ちあげ、中からひとさじをすくい取った。

――直季は右馬介の帰国を感じとったのだ……なんと、勘のいい。長宗我部の血筋とはいえ、さすがに父上が十六歳で上八川攻略の将につけただけのことはある。いつもは森番のように山を歩き、川を飛びはねておるのに。

六年前に、土佐戦国最強といわれた本山氏の当主・本山梅慶が死ぬと、長宗我部国親は、本山氏の本拠地・本山（高知県長岡郡本山町）を西の側面から突くべく、上八川攻略を片岡茂光に命じた。茂光は五十八歳のときに生まれた末子、直季を総大将にあて、昨年その攻略に成功したのである。以来、直季は上八川の柚の木野城に居て、上八川を治めている。

鉄釜があいかわらず音を立てて沸いている。その水は、茶の湯を愛する光綱のために直季が上八川から運ばせているものだった。

さんざん苦労した右馬介にまずは一服点ててやらねばなるまい。

目がぎょろりとして顔が大きく一見こわもてだが、笑うとなんとも愛嬌がある。何よりその人柄を光綱は愛していた。

――よう、無事で戻った……藤田右馬介よ。

上八川（高知県吾川郡いの町上八川）は片岡の北東にある。

半里（二キロ）ほど仁淀川をくだり、支流の上八川川に入って三里（約十二キロ）ばかり遡ったあたりに広がる山郷である。

戸中山や陣ヶ森などの峰々が後ろから迫り、冬には雪も散る谷あいの村だが、名刹の寺領だったこともあって、早くから人に開かれている。

また『土佐国風土記』『南路志』によれば、上八川川は古来、大神に奉納する酒に使われるほど水が清く、「神河」と書いて「三輪河」と呼ばれていたらしい。それが「神酒川」と誤って記載され、さらに「上八川」に替って、川の流れる地名にもなったという。ちなみに「三輪」とは神のことである。

今年は暖かい。

霜月も近くなれば葉枯れの山肌に雪がちらつく日もあるというのに、今日はナナカマドの緋色がまぶしいほどの天気だ。

――この陽気に、小笠原流（近世の武氏の礼式）の講義など。

十七歳になったばかりの若者が、かしこまって聞けるわけがない。

ここ柚の木野城には座敷棟があり、講義を受けるのはきまって庭に面した畳敷きの奥にある書院造りの部屋である。半時ほどじっとしていたが、外が天下晴れだと悟ってから、屋根の下にいることに直季には耐えきれなくなっていた。

「先生方、まことに、申しわけないが」

前には、西長門守とその弟の西兵衛尉が二人並んで正座して、若い城主を睨んでいる。彼らは長宗我部から送られてきた目付役で、上八川攻略の際には戦の参謀を務めたが、近ごろはもっぱら若い領主の教師役、有職故実や書礼など、長宗我部に伝わる学問を直季にほどこしている。

「今日はやめにしませんか。どうか、お二方、頼みます。では」

そう言って一礼し返事も聞かずに立ちあがると、直季は常着のままで縁から飛びおりた。

「こ、こりゃ、直季さま」

兄の西長門守が怒り声を出し、弟の西兵衛尉が脇差をつかんで立ちあがった。

「某がお供いたします」

「来んでよし」

縁まで走り出て見回したが、すでに庭を抜け走り去った後だった。

「なんと、裸足……いのししのようじゃ」

兄の西長門守の方は岡豊（高知県南国市。長宗我部氏の本拠の城がある）から持ってきた教本を放りだし、両手を後ろについた。

「まったく、教え甲斐のない」

「どうせ下の川じゃ。またあそこを飛んで遊ばれるのよ。お邪魔にならぬよう、ついておきますきに」

弟の西兵衛尉は草履を履く。

「それにしても、上八川はのんびりとしたものよな」

兄は両手を持ちあげてあくびをした。

「元親さまには申しわけないが、今さら岡豊に戻るのは御免こうむりたいのう」

直季の行先は二人には知れたこと、目の前の上八川川およびその付近の森林である。

上八川川は、いずれ仁淀川に流れこむ支流だが、さすがに見事な渓谷をつくっただけのことはあり、海からこれほど離れても川幅もあれば流れも豊かである。特にこのあたりは山岳地から少し傾斜が落ちたとみえ、上流から転がってきた白い巨岩が川なかにどっかり居据わって流れに小さい滝をつくり、水は光りながら渦を巻く。杉の緑ととりどりの紅葉が色を添え、今日のようにからりと晴れれば、もうほれぼれするほどの景観であった。

柚の木野城からくだる道すがら、直季は眼前に広がる豊かな色彩を、澄みきった空気とともに胸いっぱいに吸いこんだ。

昨年、わずか十六歳で、父・片岡茂光から戦の将を命じられた。謀略も駆使された厳しい戦いだった。だが収まれば、また川に飛びこみ山を走っている。

特に川は、直季から切り離せない。

二年前まで暮らしていたのは、三里ほど南西の黒岩（くろいわ）だったが、城の脇を走っていたのは寺野川。それは柳瀬川に吸いこまれて、本流の仁淀川に続いている。

歩きだしたころは母が川遊びの相手だった。毎日のように直季を柳瀬川に連れだして、浅瀬でアユを追いかけたり、御座船から釣り糸を垂らしたりして日がな一日遊んでくれた。

四歳ごろから、相手がシゲという百姓に替った。

どこからともなく現れて、いきなり直季を抱きあげ、御座船から自分の小さな船に乗せ替えた。土手に控えていた小者らは仰天した。

「ご領主さまの末のお子を、我が船にお乗せしたいがです」

無謀にも城主の妻にそう述べたが、どういうわけか笑って許されたのである。

幼い直季は、シゲの川船に、あっというまに夢中になった。

中にいて、流れの向きや水の温もりまで感じられる。船と並んで鮎やタナゴがついついと泳ぎ、桜の花びらが額や肩にふんわり舞いおりてくる。カトリヤンマ（とんぼ）がまつ毛をかすめて飛び去ったと思えば、舳先（へさき）に黒アゲハが止まりに来る。

船は自然の中に、川の懐にあった。

「もっと遠く、もっと遠く」

へえ、とシゲは頭をさげて、遠くの流れに棹を差しこんだ。

黒岩村が過ぎれば、右手は台住（だいじゅう）に平野（ひらの）、左には菖蒲（しょうぶ）に太田川（おおたがわ）。片岡氏の村々である。どこまでも水田が続いている。水が張られているので土手をはさんで川が続いているようにみえる。

――広いなあ。

ひときわ大きな柴尾村を右にみれば、いよいよ本流の仁淀川にいたる。

仁淀川に入って川上に漕げば、越知（おち）、文徳（ぶんとく）の村が左右に流れ、このあたりで左手から坂折川（さかおりがわ）が入ってくる。

仁淀川でも特に大きな落合（川の合流点）であった。

本流の川下に向って扇のかなめのように延びていく土手は延々と高く、河川敷は両岸に広がって、若草の絨毯が弥生（三月）の微風に揺れている。もうもうと白煙をあげながらどうどうと激しく流れこんでいるところもあったが、あとはただゆうゆうと、坂折川は仁淀川に呑みこまれていた。

流れの中ほどにはいくつもの砂州がある。川はここまでくだってきた小さな石を丸く削って、平たく細長く積んでいた。

一番白く、一番小さな州に、一羽の青い鳥が羽を休めている。

緑に揺らぎ青に光りながら澄みとおして流れる川の中に、大瑠璃が天子のように舞いおりているのである。後ろには壇ノ浦の戦いで生き延びた安徳天皇が隠れて住まわれたという横倉の峯が聳えていた。

流れ以外に音はなく、空には雲一つない。光景の尊さは幼い直季にもわかった。しばらくは言葉を失って、ただただみとれるばかりであった。シゲは棹を両手にはさみ頭を垂れていた。

この川に畏敬の思いを抱くようになったのはこの時からだろうと、直季は思う。

以来、シゲとともに川に入り、林を歩いてきた。

水かさの少ない時分は、川なかの岩を飛びうつりながらのぼっていくのも間者の真似事のようで愉快だし、大雨のあとは丸木を二本、荒縄でつないで早い流れに身をまかせ、十三尺（約三メートル半）を超える細い竹棹一本でひたすらくだっていくのも迫力があった。シゲは石の位置や形、水の深みや流れの遅速はもちろん、魚や草木の名前から山鳥の性格まであたりすべてを心得ていたし、棹さばきとなったらもう天才的だった。

二人は目付役には内緒で、仁淀川まで行くことはしょっちゅう、夏至の時分などさらに遡って、中津や安居の渓谷までも足を延ばした。

西長門守の兄弟は、直季に流鏑馬や笠懸け、鹿狩りなど武芸も教えなくてはならなかったが、川遊びがすばやい動きや、柔らかい身のこなしを養っていると気づくや、仕事の手を抜いた。二人はのんびりした上八川の暮らしに馴染（なじ）んでしまったのか、見て見ぬふりで文句もつけず、どこかの凡夫に若い城主の守（も）りを任せていたのである。

シゲが普段何をしているのか誰もよく知らない。柳瀬川のほとりに小さな小屋を構えているから船頭を仕事にしているようでもあれば、季節が来ればアユやウナギを捕まえて暮らしをたてているようでもあった。四十歳は過ぎているはずだが、直季の知るかぎり身体の衰えはまったくない。

今日、シゲは来んのか。

土手に立ってあたりを見渡した。こんな日和なら、特別なことでもないかぎり、今時分には下に来て待っているはずだが。

「……おお、そういえば、たしか今日は新居ヶ浜まで薪を運ぶと申しておりました」

追いついた弟の西兵衛尉が思いだした。

「……薪を？」

振り返って西兵衛尉に問うた。

直季には父方からも母方からも、身体が大きくなる血が入っている。六尺（約百八十センチ）に届こうとして、すでに西兵衛尉を超えていた。

優れた立ち姿とともに、細面の端正な顔だちが長宗我部氏の特徴だが、直季にはそれにたくましさも加わっている。日々の山歩き、川歩きで、細いながらも身体には筋肉が走っているし、何かあると目には強い光が宿る。

　西兵衛尉の背筋が張りつめた。

「……く、詳しいことは何も聞いておりません」

　城主は白い歯をみせた。

「今日は天気もいい。久しぶりに母上に会いに黒岩まで行く。先生、誰ぞに馬を持たせてくだされ」


　片岡城の茶室で、弟を思う光綱の心はほころんでいる。

　直季は側室の子である。父が長宗我部国親の命を受け入れ、国親の実妹を室に迎えた。直季は国親の実妹が産んだ子であった。

　光綱の実母は黒岩村に長く根をおろした山本氏の出である。母を娶ることで片岡氏は近隣の支配を強固で妥当なものにした。だがそれだけでは戦国の土佐を生き抜くことはできなかった。長宗我部にしろ、大平（おおひら）にしろ、周囲の勢力とうまくつながることは、この地の平和にも必要なことであった。

　だが光綱は、長宗我部氏との婚姻が決まったとき、我が母を気の毒に思ったし、人知れず父に腹が立った。だが、父に嫁いだ国親の妹をみて、激しく衝撃を受けた。

　そのとき光綱は二十歳前だったが、国親の妹は彼に嫁いでもおかしくないほど若く、色が白くて折れるように細く、絵師がひと筆で描いたような美姫だったのである。

　可憐さに圧倒されながら、光綱は女の不幸せを思った。

　これほどに若く美しく、しかも長宗我部の姫君に生まれながら、兄の手駒として、南国の岡豊（おこう）から、こんな田舎の年寄りのもとに側室として嫁がされたのである。

――どんなに辛く、情けなく、女という我が身を呪っていることだろう。

しばらくして光綱は、従者を一人連れて柳瀬川沿いをそぞろ歩いているのを見かけたことがあった。

「これは紀伊守（きいのかみ）さま」

馬をおりる光綱に、若い義母はあわてて市女笠（いちめがさ）の緒を解いた。このころ光綱は「紀伊守」を名乗っている。

「母上、ご機嫌麗しゅう」

「ありがとうございます。紀伊守さまもお健やかにて」

二人は同時に頭をさげ、同時に持ちあげた。

「田舎暮らし、何かお困りな事はありませんか」

こんな言葉が光綱の口から出ていた。それほどに若い義母は、気持ちの良い笑顔を光綱に向けたのである。

「何もございません。お屋形さまや皆さまにたいそう大事にしていただいております」

黒岩城の、田畑を隔ててすぐ西に台十（だいじゅう）という小村があり、茂光の先代が創建した寺の傍に屋敷をもらって、父の若妻は住んでいた。

それぞれの従者を遠くに控えさせて、二人は並んで柳瀬川の土手を歩いた。

「ほんとうに美しいところでございますね。きれいな川ばかりございますね」

「山奥ですから、汚れようもないのです」

「そうでしょうか。わたくしはお屋形さまの治められているこの地を特別なところだと思っております」

「百姓と、百姓をしなければ食っていけない我らしかおりませんよ」

冗談まじりの光綱に、首を横に振った。

「それがどんなに尊いことか。その麗（うるわ）しさを知らないものが戦をするのでしょう」

立ちどまる。

「これから申しあげることを、どなたにもお話にならないでほしいのですが」

光綱はうなずいた。

「お屋形さまのもとへ参るときのことでございます。わたくしは馬に乗るのが好きですから、ここまで馬で参りました」

そうだった。腰輿（ようよ）に乗らないとは、この時代になんと豪胆な姫君と、農民たちまで噂したものだ。

「仁淀川のほとりを、多くのものに守られながら、ゆっくりここまで参りました。実は途中まで、本山（もとやま）か吉良（きら）あたりの伏兵が襲ってくれないかしらと思ったほど、胸が沈んでいたのです」

流れに目を落とす。

「お屋形さまが、片岡の家がどうこうというのではなく、自分の身がなんともいえず哀れでした」

前々からそのとおりだと思っている光綱は黙ってうなずいた。

「それがずうっとこう、仁淀川を眺め眺め、何時（なんとき）もゆるゆる進んでいくうち、だんだんと気持ちが変わっていったのです。低くて丸い山、高くて険しい山、山なかとは思えないほど豊かな田や畑に、野の花やトンボの群れ。民らが畔を歩く姿、田畑を養う姿もみえました。わたくしに気づくと被りものをとって挨拶してくれました。子供たちは仁淀川の向こう岸を走ってついてきました。そのかわいかったこと。

　戦乱の時代に、なんとも穏やかなものがこの地には広がっておりました。

　……そして、仁淀川と坂折川の落合（おちあい）まで来たとき、わたくしはとうとう馬を降りました。それから、横倉山に向かって涙を流しました。わが里の岡豊（おこう）には国分川（こくぶがわ）が流れています。子供のころから親しんだ川、それは大きく豊かな川です。でも、どう考えても、これほどの川ではない。これほどの土地はつくれない」

　落合の方角に目を転じた。

「仁淀川をみるがいい、国分川が何ほどのものじゃ。わたくしは胸の中で兄にこう言いました。国親殿、あなたさまがわたくしをどうしようとも、何万の人に威を振るおうとも、この川をどうすることもできないでしょう、と」

　まわりに誰もいないことを確かめたいほど穏やかならぬ言葉だった。

　だが、その清らかな表情から、何の他意もないことがみてとれた。

　若い姫は、そのときこの地に住みきる決意をしたのである。

　光綱は、感動を覚えながら、一方では女性の底知れない強さを感じていた。自分を生み育んでくれた故郷を、こうまでばっさり切り捨てることが自分にはできるだろうか。

「父は優しくしてくれますか」

立ちいったことを聞いたのも、若い母が心を明かしてくれたからだろうし、こんな会話もできてしまうような気分がそこにはあったからである。

母は、にわかに顔を赤らめた。

「……これも内緒ですが」

そのわりにははっきりとこう言った。

「お目にかかったその時に、わたくしはお慕いしておりました。長宗我部にはない男らしい、ご立派なお顔だち、お姿にございました。片岡に来ることができましたのは、わたくしの、なんという幸運でございましょう」

茶碗に湯を注ぐ光綱は知らぬ間に微笑んでいた。茶筅を軽やかに動かせば、端正な緑の香りが全身を包みこむ。

それから、若い義母は男の子を二人産んだ。直春と直季である。

末の直季は、父の茂光もたいそう可愛がったが、この母の慈しみようは甚だしかった。いや、甚だしいと光綱は感じた。乳母に任せず、何から何まで自分で世話をするのである。歩けないうちから川の傍まで連れだして、花や魚の名前を教えたり、水の流れを覚えさせたり、そのうち御座船まで仕立てて、日がな一日戯れている。

母子の様子は幸せそのもので、田畑に出る農民たちも、

「なんとまあ、おやさしゅう、うるわしいがやろう。わしらにも声をかけてくださる」

とたいそう評判はよかったのだが、光綱はこの幼い弟がどうにも気にいらなかった。無心に慕ってくるのも癇にさわった。

あれは直季が六歳ごろの秋の終わり、それも日が落ちて、あたりが薄暗くなりかけた時分だった。

少し仕込まねばならんと光綱は思ったのである。甘えが過ぎる。幼すぎる。女とばかり遊んでいる。

こんなことでは片岡の男子として役に立たん。

都合のいいように気持ちを繕って、ひそかに柳瀬川の船着き場に連れだした。直季は、大好きな兄に大喜びでついてきた。

「さあ、ここで着物を脱げ」

冷やかに命令した。

「はい、わかりましてござる」

大人びた口調で弟は言うと、着ているものをぱっぱと脱ぎ捨てて褌ひとつになった。その途端、冷えた空気が幼い肌に突きささった。

「では、飛びこめ」

「はい！」

ためらわずに地面を蹴ったので、兄の方が仰天した。シゲと出会ってすでに三年、すっかり川遊びの達人になっていることを光綱は知らなかったのである。

冷たい水の中を犬かきで巧みに泳いでみせる小さな弟にしばらくは呆然としていたが、そのうち冷

たさでかじかんだとみえ、

「兄上、少し体が動かんようになりました」

と弱音を吐いたので、また、にわかに面白くなった。

「よし、ではあがれ」

急いであがってきたのだが、濡れた体に吹きつける風は身を刻むほどに違いなく、ぶるぶる震えて背を丸め、両腕で体を抱きかかえている。

「その場で足踏みをしてみよ、すぐに温(ぬく)もろう」

「はい！」

弟は盛んに足踏みをした。

「もっと強く足踏みをせよ」

もっと強く足踏みをする。

「おお兄上、ほんとうに、温(ぬく)うなってまいりました」

「そうか。それなら、もう一度飛びこめ」

鬼のような心で、光綱は命じた。

「はい！」

またしても躊躇なく、直季は地面を蹴った。

ザンという水音。

その冷えきった響きが、とうとう兄の心を裂いたのである。

「すぐあがれ！」

絶叫したので、犬かきを始めた弟のほうがびっくりした。

「兄上、なにか」

「さっさとあがれ！」

水からあがった直季に散らばっている着物を被せ、自分の羽織も脱いで濡れた体にぐるぐる巻いた。

「……すまん」

情けなくて、涙がこぼれそうだった。

「冷たかったか……俺は、俺は、なんということをしたのだ」

耐えられなくなって、地面に四つん這いに伏した。

「直季、許せ……許してくれ」

頭をさげた。

俺というやつは、なんとつまらない、くだらない、見下げはてた人間だろう。こんな幼い弟を、氷のような水に一度ならず二度もつけた。

これが人のすることか。

垂れた頭の髪先に、ふいに細い水が弧を描いてかかってくる。

「え……」

顔をあげたとたん、ばっと額を濡らした。

「も、申しわけございません、兄上」

直季は、身が凍えて尿意に耐えられず、つい飛ばしてしまったのである。

「な、なんと……」

慌てて立ちあがった。

心からわが愚かさを悔いていたのに、そんな気分も一瞬で吹き飛んだ。

「こ、この、ばかもの！」

「申しわけございません」

さげた頭を持ちあげた弟の、濡れそぼった顔をみたその瞬間、今度はぷっと噴きだした。

髪も眉毛も濡れて顔にくっつき、目がどろんとして口は半開き、直季は絵に描いたように間の抜けた顔をしていたのである。

鼻水が二本、顎まで垂れている。

もう叱ることも、この先憎むことも、光綱にはできなかった。

そして、その日から、この弟をこのうえなく好きになったのである。

顔に小便をかけたことは誰にも言わないから、川に飛びこませたことを母上には決して言わぬようにと、卑怯な約束をさせたことも弟との距離を縮めた。

まもなく光綱は、直季は母や女中と遊んでいるだけではないことを知った。

シゲというものが直季の相手をしている。この男は、父・茂光の命を受けているということを、父からじかに聞かされたのである。

百姓の家から赤ん坊をもらい、坂折川の上流に住みついている山伏に養育を頼んだという。実際に動いたのは茂光の直参だが、すでに亡くなっているので、今では事情を知る者はいなかった。茂光は我が子を隠密で守らねばならない日が来ると予測してシゲを育てていたのだ。成長したシゲは、知らぬ間に黒岩に戻った。巧みに溶けこんだので、誰も怪しまなかった。船頭をしながら茂光の用意した小屋にひっそり住み、役目が来るのをずっと待っていたのである。

「直季の立場は、これから厳しいものになろう」

黒岩城の座敷で、茂光は嫡男一人に話した。

「我らは片岡の家と農民たちのことを考えればよい。方向は一つで、思えば楽なものだ。だが直季はそうはいかぬ。我らからは壁として使われようし、状況によれば我らに内密で、長宗我部からどんな企てを持ちだされるかわからん。いらぬとなれば直季は上八川の城で長宗我部から送りこまれたものに寝首をかかれるかもしれんのだ。二つの家の板挟みになってこの先苦しむことになるかもしれん」

父は言葉をついだ。

「……それでシゲをつけた。疑われても、たかが農夫と言い訳できよう。仁淀川は豊穣の源だが、ひとたび怒(いか)れば田畑を沈め、神社すら流し去る。自然の営みの大きさを知れば、人のすることなどたかが知れていると思えるのだ。直季にはこういう考えがもっとも必要である。我らが教えられぬことを、シゲと仁淀川から学ぶであろう」

飲みほして光綱は、茶碗をゆっくり置いた。それから床のほうを向いて平伏した。総領から嫡子へ、秘密は受け継がれているのである。

三

柳瀬川の船着き場で、二人は岸におりた。

船頭が棹を操って上流に舳先を向けると、船は湾曲しながらあっというまに姿を消した。土手ではしだれ柳が水面まで枝をおろし、対面に広がる浅瀬には、自然に撒かれた小石の間を、雑草の群れが晩秋の風に漂っている。

まわりに人影はなかった。

雁木（船着き場や橋の下の石段）の一番下に腰をおろせば、傾いた陽射しが柳のあいだからまともに目に飛びこんで、右馬介は思わずしばたたいた。

「遅うなってしもうたな」

まわりをもう一度確かめると、ゆきを手で招いて、ひとつ上の石段に座らせる。

「疲れたろう」

竹筒を口元にもっていってやると、ゆきは黙って水を飲んだ。

「……よう、連いてきたな」

ススキの大株が横で風にかすかな音をたてる。

「途中で逃げだすのではと心配していた。おまえは賢い娘だから、わしが僧侶ではないのはとうに気づいておるな」

　うなずいた。

「よう、信じてくれた。二十日間も、人さらいかもしれんのに、もっと悪い男かもしれんのに、よう連いてきてくれたな」

　右馬介は顔を近づけ、さらに声をひそめる。

「いいか、この土手をあがったら黒岩新町というにぎやかな通りに出る。あちこちから人間が集まっている。どんなものが紛れこんでいるかわからん。わしの傍から離れてはならんぞ。もうしばらく坊主のふりをして、身を隠しておく」

「はい」

「だが、ゆき。お前には今、ここで言う。あの船頭もいなくなったし、聞くものはおらん」

　姿勢を正した。

「某は、本名を藤田右馬介と申す。この地を治める片岡光綱さまの一の家臣である」

　黙って聞いている。

「もっとも、一の家臣というのはわしの勝手な思いこみではあるが……わしは、片岡から禄をいただくちゃんとした人間だ。だからお前を売りとばしなどせん。牛馬のようにこき使いもせん。母上との約束を守って、わしが育てることとする」

「はい」

　膝の包みに手をのせて、ゆきは頭をさげた。

妙な言いまわしをしたことに気づいて、右馬介は急に照れた。

「いやなに……それにな、うちには子供ができんのだ。妻は、みつというんだが、お前をみて、きっと大喜びする。気のいいやつでな……まあ、わしと同じで少し肥えてはおるが……」

それからゆきの顔に少し覗きこんだ。

「かまわんか？　もしうちが嫌なら、ほかをあたるぞ。黒岩新町にも子供のできない若い夫婦がおって……」

「いえ、おじさん」

顔をあげる。

「おじさんのところに置いてください」

頭をさげた。

「おねがいします」

「そうか……よかった」

右馬介はススキに目を移し、そのあいだにゆきは小袖で顔をぬぐった。

「さあ、そろそろ行こう。誰かにみつかるかもしれん」

土手にあがると、二人の前に、ま新しい木の鳥居が現れた。

二本の柱には「黒岩新町」「永禄戊午年（えいろくいぬうまのとし）　片岡茂光」とそれぞれ刻まれて、笠木（かさぎ）に提灯（ちょうちん）が三つぶらさがっている。町の入口を示す門のようだ。そこから奥に向かってのぼりながら延びていく二間幅ほどの道の両側には、茅葺や板葺きの小ぶりな民家がぎっしり並んでいる。柳瀬川の土手からすぐ、黒岩の町は始まっていた。

人々のざわめきが目と耳に飛びこんでくる。

急峻な山並みが後ろに控え、左右にはあいかわらず田畑が広がっているのに、ここにある賑わいは周りとまるで似つかわしくない。連なる家々のあいだを風体も様々な人たちが盛んに行きかっている。

束ねた髪を後ろに垂らし、白い腰布を着けた若い女が、頭の水桶を支えながら裸の子供の手を引いて、足(あし)だ（下駄）ですたすたと歩いている。茶色の布で腰を縛った帽子の小男が、炭俵を背負った土佐駒（在来種の小柄な馬）をどこかの軒に括りつけ、中に向かって何やら叫んでいる。鉢巻に髪を入れこんだ女が三人、籐(とう)や竹で編んだ籠を足元に置いて熱心にしゃべり合ってもいるし、塩の入った籠を天秤棒にぶらさげた行商たちも行き来して、茶屋とおぼしき店先でくつろぐ旅人の姿もあった。

里芋を炊く煙や茶を煎じる香ばしい匂いがあたりに立ちこめている。

ゆきは圧倒されながら右馬介のすぐ後ろをついていく。わあわあわめきながら走りぬける裸の子供の群れに突き飛ばされた男が、怒ってこぶしを振りあげてみせる。

「こりゃあ、おまんら、なにをしゆう（している）」

声がまた異様に大きい。

ぶつからないよう気をつけながら奥に向かって歩いていくと、十軒ばかり行き過ぎたところで四辻に当たった。

どうやら町の中心らしく、大きな人の輪ができている。市が開かれているのである。椀や盆、箸などの食器に木鍬や堅杵、木桶に竹籠といった農具、胴丸籠や釣り針といった川魚漁に必要な道具に、里芋や柿、茶葉などの食料品。はては旅人用の藁草履、編み笠、瓢箪型の水筒に三椏でできた杖など、種々雑多なものが、蔀戸を倒して棚にしつらえたところや地面に筵を敷いて並べられ、みなが寄ってたかって品定めをしている様子は、まるで神社の境内の開かれる市のような喧しさである。産物の豊かさに右馬介はついうれしくなる。

「ほら、ゆき、見てみい。あの桶の中で泳いでいるのは川魚。アユにゴリに、おお、ツガニもおるぞ。隣の筵の上に並んでいるのは、新居のほうから来た海のものじゃ。干しわかめに、干しノリも、それにお前がもろうたヒラコ（イワシ）」

のぞこうとしてゆきは足を止めた。そこへ後ろを歩いていた小柄な男がよそ見のついでにぶつかってきた。

「こりゃあ、どうしゆう」

後ろから怒鳴られて、ゆきは飛びのいた。

「す、すみません」

右馬介は、振りむいて男を睨みつけ、つい目に力を入れた。

「おい、ぶつかったのはお前だろうが」

「へ……へえ」

ぎょっとして男は人なかに逃げこんだ。騒ぎと思ってか周りの人が散ったので、右馬介とゆきは妙な空間に立たされてしまった。

「さ……では、これにて」

ゆきの手を引っぱると、右馬介は足早に立ち去った。

「やはり、今はまずい。見物はまたにしよう」

四辻を左に折れ、人家のあいだを足早に進むうち、人波が途切れ、ざわめきも遠のいて、土橋(つちはし)のたもとに出た。右馬介はゆきの手を解いた。

「やれやれじゃ。ここまで戻って、うっかりへまをするところだった」

町の喧騒はもうない。右奥には険しい峰が並び、足元にはザザザと音を立てて流れる川がある。右手から順に妙見山(みょうけんざん)、水天宮(すいてんぐう)、亀ケ森(かめがもり)と呼ばれる連山から水が集まってこの流れをつくり、柳瀬川に流れこんでいるのである。寺野川というこの川の幅は、広いところでも三間ほど、仁淀川からいえば支流のそのまた支流だが、一気におりてくるので水量が豊か、小さい船ならかなり奥まで入っていける。

いま二人が歩いている道は「大道(だいどう)」と呼ばれていて、先ほど船頭が柳瀬川に乗りいれた船着き場にまで続いている。縦横にめぐる水の道とともに物資をもたらす陸の道で、さすがに黒岩は集荷にすぐれ、人を集めるところであった。

寺野川を渡ると、すぐ右の峰、水天宮からおりてくる痩せ尾根に回りこむように道は続いていたが、その尾根筋には山頂に向かって二十軒ほどの家屋敷が立ち並んでいた。黒岩新町の家よりどれも大きくて、敷地は丘陵を利用して造られているせいか中ほどが少し張り出してみえ、板塀や笹垣で囲われたものや、庭に松やイチョウなどが植えられているもの、厩(うまや)や作業小屋のほかに別棟を構えているかなり大きなものもあった。

「ほれ、あの、ちとこまいのがわしの家」

階段状に建てられたそれらの家のひとつを、右馬介は指差した。笹垣で囲まれた藁葺きの屋敷棟と、板葺の物置小屋が並んでみえる。たぶん菜園があるのだろう。垣根からは柑子(こうじ)の枝が覗いて黄色い実がみえた。

「あの柑子、明日にでもとらにゃあならんな。カラスにやるにはちと上等じゃ」

「あれが、おじさんの家ですか……」

ほおっと息をつく。

「なんてりっぱなお家」

「そんなことはないが……」

丹波の小屋を思いだし、右馬介はゆきの気持ちを思いやった。

「藤田はわしの先代から片岡にお仕えしている。下八川にも家があるんじゃが、光綱さまのおられるところこそ、我が住むところとここに出てきた。だが、光綱さまが黒岩城から片岡のお城に移られたとなると、いずれ引っ越しじゃな」

それから両手を大きく広げてみせた。

「これが全部、光綱さまの家臣の家じゃ。我らは普段は田んぼや畑で働くが、いざとなれば槍と持楯を持って、光綱様につき従う。我らの住む家もああやって、後ろから黒岩城をお守りしておるのよ」

黒岩城と呼ばれた城は、給人屋敷群より下の、尾根が平地と交わる少し上あたりに、地形をうまく利用して造られていた。

平地との境をさらにぐるりとくりぬいて水堀にし、それが寺野川につながっているので、三方は水、後ろは家臣の家で守られている。土居の上を黒く塗られた板塀が囲い、大木も植わっているので建物の屋根しかみえないが、その大きさは目をみはるものである。

「立派なお城よ、なあ」

応えてゆきはうなずいた。

「わしがここを出たおととしの秋は、茂光公もまだお元気で、光綱さまとともにここにおられたのだが……」

藤田右馬介は、城に低頭した。

堀に張られた澄んだ水、磨かれた石段の美しさが領主に対する人々の思いにもみえ、ゆきも頭をさげた。

黒岩城や、給人屋敷を左に見ながら寺野川の土手沿いをしばらくのぼっていくと、土手をおりた右手前方に大木がみえた。

「あ、あれは、どんぐりの木」

ゆきが声をあげた。

「遠くからようわかるな。丹波にもたくさんあったか」

「はい、ありました。秋になるとお母さんと採りに行きました」

母と竹籠を担いで山を歩き、いっぱいになったら家に戻った。何度も水に浸して灰汁(あく)を抜き、潰して粉にしたのを丸めて焼くと、ほこほことして美味しい。稗(ひえ)や粟(あわ)が乏しくなると、山に入って木の実や雑草を集め、なんとか工夫して食べていたのである。小屋の裏で母と二人、食事を作っていたことをゆきはしみじみ思いだした。

「妙善の……いえ、藤田さま。丹波では食べていくのがやっとでした」

「そうか……そうだろうな。ゆきの家には子供が三人おったからな」

「下の二人は男の子だからたくさん食べさせないと……どんぐりだって、たくさん食べたら……」

ふいにゆきは口をつぐんだ。

――おばあさんに叱られた。食うな、食うたらいかん。

右馬介は足をとめた。

「ゆき、わしらも決して豊かではない。藁を食うた年もある」

「藁を？　……お侍さまがですか？」

驚いた。

「ほんとうに？」

「ほんとうじゃとも。この地は見てのとおり、水が豊富でわりに暖かく、魚も捕れれば作物もよう採れる。だがな、仁淀という川は、あれだけの大河じゃ、ひとたび荒れたらもう手がつけられん」

半日、あの懐にいたのである。容易に想像できた。

「年に二度三度、いう年もあるんじゃ……大水が柳瀬川を逆さに流れてきて、ここいらをすっぽり浸ける。土手が壊れ、田んぼにも家にも水があがってくる。一面が大海原よ。どうにもならんで、百姓とともに山まで逃げた年があってな。あの時はひたすら、水天宮の峰を拝み荒神様に手を合わせて、仁淀川のお怒りがおさまるのを待つことしかできなんだ。黒岩城と尾根にある片岡の給人屋敷はさすがに浸からなかったが、向こうの、池田という村あたりは家に逃げ込んでも、首あたりまで水がきたそうじゃ。それが長いあいだ引かなんだ。そうなるともういかん。なにもかも腐ってしまう。食うものが足りんで、なんでも食うた。山にあがってどんぐりも拾うて食うた。松も皮を剥いで中を食うた。最後には藁も、塩気のあるところを選って煮て食うたぞ」

「お侍さまも、そんな目に逢うのですか」

「侍もなんも、このあたりは、みんなが百姓じゃ。それに近ごろは天災と戦が交替でやってくる。生きていくのは厳しい……ええか、ゆき。もうばあさまを思いだすな」

「はい」

穏やかな言葉が胸にしみる。

「でも、お母さんは……」

逃がしたことを祖母に咎められ、きつい叱責を受けたのではなかろうか。そのことがずっと気にかかっている。

「案ずるな」

右馬介は白い歯をみせた。

「母上に渡した銭袋は、わが主君、片岡光綱さまから頂いたものである。中身は見ないで持っておったのだが、ご主君のこと、少なくて困るような額ではないはず。ばあさまはまず大喜びしたろう」

眼の奥が熱くなってくる。

「だが、知ってのとおり、某は決してお前を買ったのではない」

「はい」

「某がもろうた金じゃ、案ずるな」

「はい」

また変な言葉になったと、右馬介は慌てて土手をおり始める。

「ゆき、はよう来い。あのどんぐりの木のところに茶園堂がある。ここらで茶を一杯いただこう」

アラカシ（どんぐり）の大木は縄が巻かれて祀られ、周囲を大きな石が囲っていた。中には祠も造られていて、そのまわりで人々がしきりに話しこんでいたが、傍に建つ三間四方ほどの小屋のほうは、さらに多くの人間でごった返していた。

土壁の上に板葺の屋根が張られ、入口が開けはなたれた、なんということもない建物ながら、中にも外にもたたみ床几が並べられ、農夫の妻とみえる普段着の女たちが木の盆に湯呑みを載せて出たり入ったり、訪れたものたちを接待している。

湯呑を受け取るほうは様々で、もっと田舎から出てきたとおぼしき身なりの百姓や浮浪者、右馬介のような、数珠をぶらさげた山伏や乾海苔を売り歩く行商の姿もあって、さまざまな言葉が飛び交っている。

このような小屋は、片岡の領地のあちこちにあって、「茶園堂」と呼ばれていた。立ち寄るものには分けへだてなく茶を出し、親しく言葉をかけて長旅や日々の疲れをねぎらう。なんとも優しい接待の風習を旅するものはありがたがり、片岡のものはわが村の誇りに感じている。

こんな陽気の日にはことさら多くの人が集って素朴な田舎の茶を飲みかわし、話し相手をみつけては陽気に語りあっているのである。

出てきた若い女が右馬介を見とがめた。

「あれ……お坊さん！」

バタバタと中に走りこむ。

「お坊さんが来た、お坊さんが来た」

大声でわめいている。長居をしていたらしい客がふたり、外にほっぽり出された。

「なんや、なんや、わしらの接待はもう終わりかよ」

「なにゆうとるぞね、あんたらようけ飲んだやろがね。さあ、行った、行った」

荒っぽいことじゃわいと、苦笑しながら男たちは菅の傘をかぶった。

「お坊さん、えらく信心深いところのようですぞ」

「はあ、そのようで」

さっきの女が右馬介の袖を引っぱった。

「お坊さん、どうぞ、お入りくだされ。さあ、さあ」

「うむ。では入れていただこう。そなたも来るがよい」

右馬介は何となくえらそうな風をしてゆきを連れて入っていった。

――片岡では、坊主はこんなに大切にされておったのか……いや、知らなんだ。

建物の中には数人がいてそれぞれ床几に腰かけていたが、みなうつむいたまま、右馬介とゆきに頭をさげた。

うむ、といって挨拶に応え、威厳をつくって腰かけた。そういえばほかの床几は、壁の傍に押しつけられるように並べられているのに、右馬介とゆきの座る床几だけは特別で、小屋の真ん中にゆうゆう置かれている。

「では、こちらで採れるお茶をいただけますかな。わたしの連れにもお願いいたしますぞ」

「へえへえ、お坊さま」

よく知っている農夫の娘である。

——誰もわしに気づかんのか。二年のあいだに少し肥えたのかな?

確かに首は太く胸板は厚く、腹回りも大きくなっている。畿内を走りまわって、息も絶え絶えの二年だと思っていたのは思い違いか。我が身体に触れてみてなんだかおかしくなったが顔には出さず、

「さあ、おまえさまもこちらへ座られよ」

と、仰々しくゆきを座らせた。

「このあたりの茶は日によく当たりうまいというぞ」

それから小声で耳うちした。

「都では河原乞食のように扱われたが、わが故郷では坊主はまだまだえらいとみえるな」

その時である。

「まあまあ、お坊さまでもないくせに、いい気なもの」

水屋から澄んだ女の声がした。

声の主は、ひとりの尼であった。

白い御高祖頭巾（おこそずきん）を被り、揚羽蝶の片岡の家紋の入った墨染めの衣を身に着けた一人の尼が、盆を持って藤田右馬介の前に現れた。

「な、なにを言われる。某（それがし）は妙善と申して……」

「お坊さまが、そんな物言いをしますか」

顔を見上げるや、右馬介は真っ青になった。

「こ、これは、お屋形さま……茂光公の……」

「いや、右馬介」

ゆきと右馬介の手にそれぞれ湯呑を持たせてやると、尼は頭巾をはずした。

「今ではこうして髪をおろし、理春（りしゅん）を名乗っています」

黒髪が耳元でばっさりと切られている。手首には数珠を巻き、仏門に入った人の姿がそこにある。

だが、頭巾をつけ直すときの細い指や、透きとおるような白い肌はまだまだ若々しく、黒目の勝った二重の目やふっくらした唇の可憐さは比べるものがない。さらに持って生まれた気品で周囲は輝くばかりである。

「……お、奥方さま！」

床几から飛びおりて藤田右馬介は、額を地面に押しつけた。

「と、と、藤田右馬介、こうして無事に帰りましてございます。また、お家の大事におりませなんだ。まことに、面目次第もございません」

理春尼（りしゅんに）は笑みを浮かべて、右馬介の肩に手を置いた。

「光綱さまのご命令でしょう、仕方ありません。さあ、座って。身分は言いっこなしの茶園堂ですから、そういうことをされてはみなが困ります。あらそうだ、おまえ、隠密ではなかったの」

はっと気がついた。それから、ぐるりとあたりを見回した。

狭い小屋の中には農夫、旅の夫婦、修験者、商人らしきものなど、皆が湯呑を持ったままこちらをしげしげと見ているではないか。

——え、えらいことをした。これまで隠密を通してきたのに、何たる失態。

「ご、ごめん」

真っ青になって立ちあがり、ゆきに、

「すまん。あとで迎えにくる」

と告げるや、一人飛び出そうとした。

「待ちなさい、右馬介」

理春尼の声。

「よく、見てごらん。みな、片岡のものですよ」

その声に合わせて烏帽子を脱ぎ、頭巾をとり、額に巻いた荒縄を解いた居並ぶ顔を見てみれば、なるほど、二年前に別れた片岡の家臣たちである。

「藤田殿、息災で何よりでござった」

そう言ったのは、修験者姿の竹内又左衛門。右馬介とともに光綱の重臣である。法衣をつけ髭まで伸ばしているからまるでわからなかった。

「竹内殿か……な、なんだ、その妙な格好は」

「お前とは違って髪はあるぞ」

「藤田殿、少し肥えてござるな」

旅姿の男は、やはり重臣の上村孫左衛門。

「そ、そんなことがあるか。食うや食わずじゃったわ」

右馬介はにわかに顔を赤らめた。

「右馬介さま、お帰りなせえまし」

前に座る百姓女は、家にいるかよだった。夫と二人、敷地内の小屋に住み、畑やら家の世話をしてくれている。

「かよか……なんと、お前までわからなんだとは」

「知らぬはおまえだけですよ、右馬介」

皆が一斉に笑った。

かよが立ちあがって水屋に入ったので理春尼がそこに腰をおろし、右馬介ももとの席に座った。

「……だが、どうして皆、ここに」

「物見のものが光綱さまに命じられておまえの家に行き、みつどのに知らせたのです。さっそくみつどのがここに来て、わたくしに知らせてくれました。それでみなでおまえが着くのを今か今かと待っていたのですよ。一番に立ち寄るだろうと思ってね。どうです、面白い歓迎でしたでしょう？」

「お帰りなせえまし、藤田さま」

「御無事でなりよりでございました」

右馬介は涙を流した。

「奥方さま……いや、理春尼さま、それから皆の衆……拙者、このような出迎えを受けるとは思いもよりませなんだ。藤田右馬介、まことに、幸せものにござる」

ぎょっとして、声のほうに振り返れば、片隅にいた若い男が頭巾を脱いだ。

「泣いている場合か、右馬介」

「よくそんなことで、隠密の用事ができたものだな」

片岡直季だった。

あれから馬をとばして茶園堂まできたのである。

母の理春尼から話を聞くや、従者は裏に待たせて、頭巾を被って顔を隠し、右馬介の到着するのをみなとともに待っていたのだ。頭巾をとる前は、細い顎と小さく整った口元しかみえないので、右馬介は旅の役者かと思っていた。

「な、なんと……これは、上八川(かみやかわ)さま」

またしてもあたふたと土下座をした。

「め、面目ござらん。と、藤田右馬介、ただいま帰還いたしましてございます」

「無事で何より」

「ははーっ。ありがたき、ありがたき幸せにございます。上八川さまにはますますご立派におなりで……」

理春尼は笑って右馬介を座らせた。

「もう、よいよい。ここに上八川の直季がいるなんて、想像もしなかったでしょう。それより」

ゆきをみつめる。

「この娘さんをどうなさったの。まさか、さらってきたのじゃあるまいね」

皆がゆきに向いた。湯呑を持つ手が震えだす。

「この娘は……拙者の、拙者の……養女です」

右馬介が声を張りあげた。

「拙者、尾根伝いをひた走り、戻る途中に丹波の山奥で夜になり……」

まくしたてる。

「……前に進むこともできず、通りがかりの百姓家に頼んで泊めてもらったのでござる。両親と弟、赤子、それから祖母と住んでおりました。翌朝出立のおり、母親が連れていってほしいと……いや、母親に連れて帰りたいと頼んだのです。拙者には子供がおりません。片岡で十分に肥え太らせ、大きくしたいと思うたのでござる」

「肥え太らすとは……おまえのようにしてどうするの」

理春尼は笑いながらゆきの前に行って腰をかがめた。

「娘さん、よく、このむさくるしい男を信じてついてこられました」

突然手をとられたので、ゆきはもっとちぢこまって頭をさげた。

「光綱さま……お屋形さまも存じあげないことだったので、つい聞いてしまいました」

「申しわけござらん、拙者が悪うござった。拙者の一存で……」

「いや、おまえはよいことをしました。娘さんの母上に替わって、わたくしがお礼を申します。お屋形さまもきっとお許しくださるでしょう。右馬介、おまえの娘になってよかったと思えるように大切にしてあげるのですよ」

右馬介は平伏し、理春尼の心に感じて、小屋に入る者皆が頭をさげた。

ゆきはこうして、黒岩の郷にいともすんなりと受け入れられたのである。

「お名前はなんというの」

「ゆきといいます」

「ゆき……いい名前。ゆきさん、よかったらお暇なとき茶園堂で接待のお手伝いをしてくれませんか」

「……はい」

頭をさげてまた持ちあげれば、理春尼の顔が、射しこんできた陽に輝いている。

――観音さま。お母さんが言っていたとおり。

「では右馬介、俺はこれで上八川に帰る」

またしても平伏しようとする右馬介を、直季は制した。

「たまたま居合わせただけである。だが、お前の無事がわかってよかった」

それから、ゆきをみて会釈した。

ゆきも頭をさげる。

——あんなに若いお方が、上八川というところのお殿さま。ここにはびっくりすることばかり。

「母上、では失礼つかまつります」

直季は立ちあがると一礼した。皆が応える間に小屋を出ていった。

——なんと心根のよい、ご立派な若者になられたことか。

藤田右馬介は、その爽やかな後ろ姿に感じいる。

——茂光公がご卒去(そつきょ)のあと、すべては新しいご領主、光綱さまのご命令どおり動いているのだ……我らが片岡、なんと清々(すがすが)しいことよ。

四

翌朝、藤田右馬介は片岡城に登城した。

片岡と黒岩は、妙見山(みょうけんざん)、水天宮(すいてんぐう)、亀ヶ森(かめがもり)などが連山となって壁をなし、その北と南に位置している。

光綱の家臣はみな時間の無駄を嫌って、山を越えてこの二つの村を行き来する。そうでないなら、昨日のように川船に乗って山すそを迂回しながら進むか、船着き場までは大道、あとは田畑の畔道を長々と歩くことになる。

右馬介は今朝も迷わず妙見山と水天宮の山峡(やまかい)をのぼった。旅の疲れなど畳の上で一晩眠ればとれている。光綱に会って報告するまでが右馬介の仕事、身体も心もまだ休むわけにはいかない。

山をくだるとそこには仁淀川、渡し舟に乗れば対岸が片岡である。昨日、ゆきや船頭と見上げた領主の居城に、右馬介は向かった。

片岡城は厳しく守り固められた山城(やまじろ)である。

三の段から詰まで土の壁が立ちはだかり、松やイチョウ、楠の大木がぎっしり中を覆っている。城のまわりは、東は切岸、西には堅堀が構えられ、北には二条の堀切り、南は給人の家々で守られて、立ち入るものを固く封じている。

東には昨日ゆきを驚かせた法厳城(ほうごんじょう)が聳(そび)えている。烽火(のろし)を焚いてほかの支城と連携をはかる「伝(つた)えの城」だが、片岡城と対(つい)になっていて、事が起きればたて籠って決死で戦う最後の砦でもある。

仁淀川の変わらぬ流れや、故郷の人々の穏やかな心に触れて気持ちが緩み、戦乱の時代にいることをしばし忘れた右馬介だったが、いまを生きている限り、どこにいようと戦の現実からは逃れられない。

身を引き締めて詰の段へとのぼっていった。

一間半の高さはあろうかという杉戸が開かれると、片岡の重臣、竹内又左衛門と上村孫左衛門が中に待っていた。控えの間で衣服をあらため、宮司とともに城の北西、大きな自然石に注連縄(しめなわ)を結んで鎮守とする八幡宮の殿舎(でんしゃ)にまずは参った。無事の帰還を感謝したあと城に入り、一同は奥座敷に向かった。

「藤田右馬介殿がおつきです」

案内の小者が中に声をかけた。

「入れ」

隔てる襖がないかのように、領主の声はりんと透きとおって、廊下に平伏している右馬介の胸に届いた。右馬介は頭を床にこすりつけた。

頭上で襖が開かれる。

「おお、右馬介」

「は、ははーっ」

「何をしている、顔をあげろ」

そろそろと持ちあげれば、懐かしい主君の笑顔とぶつかった。

「よく、帰った。早う入れ」

座敷に転がりこむ。

「み、光綱さま……」

前まで駆け寄るとその場に伏した。

「と、藤田右馬介、ただいま……ただいま、戻りましてございます」

「よし、ご苦労である」

また頭をさげたきり、持ちあげられない。涙が溢れて止まらない。

けだもののような武将に会うたび、どれほど我が主君を思いだしたか、武具を背負って焦土をさまよいながら、どれほど光綱の治める片岡の田畑を恋しく思ったか知れなかった。

光綱に再び会うこと、片岡にもう一度戻ることだけを念じて、右馬介は生き延びたのである。

しばらくは藤田右馬介のむせび泣きが座敷に響いた。

「右馬介、では席についてくれるか？」

ややあって、光綱が声をかけた。

「……こ、これは、申しわけございません」

両の手の平で顔を拭ってから立ちあがる姿に、光綱は安堵する。藤田右馬介は純朴な心を持ったまま、こうして無事に帰ってきたのである。

片岡の現領主、片岡下総守光綱は、三十半ばに達したばかりである。

五尺八寸を超える長身で、顔だちといえば広い額に太い眉、高く通った鼻梁の下には肉づきのいい唇、顎（あご）には髭をたくわえて、豊かな耳が横に少し張りだし、面長の顔を引きたてている。片岡光綱は稀にみる美丈夫であった。

声音は低いほうだが色に濁りがない。

「では、右馬介。聞かせてくれ」

重臣とともにあらましの報告を聞いたあと、光綱は右馬介をひとり茶室に呼んだ。鉄釜に沸く水はむろん、仁淀川の支流、上八川川の浄水である。

「けっこうなお手前でございました」

話し疲れて乾いた喉に薄茶は、とろけるほどに甘く、余分な力まで抜きとってくれる。城主の点てる茶の静かな威力に、右馬介は感服した。

「もう一服どうだ？」

「はい、いただきとうございます」

うなずいて光綱は、神妙に侍烏帽子を被った右馬介の、濃紺もあざやかな裃を眺めた。この日のために妻が準備していたのであろう。少し窮屈そうなのは、以前より胸を厚く、腕を太くしたからである。

だが、日に焼けた丸い顔の、あいも変らぬ人なつこさの中で、時折眼が鋭く光るのは、この二年間が艱難と緊張の連続であったからだろうと、光綱は思った。

「苦労をかけたな、右馬介」

「とんでもございません」

「ずいぶん危ない目にも遇ったのであろう」

「ひやりとしたことは何度かございました」

三日に一度は殺されかけた気がする。

光綱は、自分にも茶を点てて、ゆっくりとそれを服した。

「……だが、いまは戦乱の世、なまぬるい考えでは生きてはいけまい。剛のもの、猛々しいもの、いやそれ以上に、戦い抜く知恵をもった、戦の天才とでもいうべきものが日本中に湧き出ている。右馬介の話を聞いて、いよいよそれがわかった」

一呼吸おいた。

「……そして、ぶつかるたびに、田畑は踏みにじられ民家には火が放たれて、多くの人命が奪われている。さらに天が災いを与えたもうた。戦と天災の二つ巴（ふたつどもえ）で民がもがき苦しんでいること、はかりしれん」

光綱は茶碗を畳に置いて、膝に両手をおき、目を閉じた。

「茶の席で話すようなことではないが……右馬介、お前の目にはどう映った？　この乱世、この先どうなる？　ほんとうに終わるのか？　終わるのなら誰が終わらせる？　それともその前に天罰が下って大波が押し寄せ、みな滅びてしまうのだろうか」

「あるいはそうかもしれません。都に住む人は、応仁の大乱から減り続け、いまでは四万、せいぜいが五万。難民が流れこんでも、その数以上に出ていくか、のたれ死んでいる。帝都の威風もなにもありません。また自領が不作で食えぬとなれば、上杉でさえ他領に攻めこんで民の食いものを奪っている。天が手を下さずとも、共食いの果ては滅ぶ道しかありますまい」

目を閉じたまま、光綱は眉間に皺（しわ）を刻んだ。

「そうだな……だが、立ちはだかるもの百万を屠（ほふ）っても仏罰（ぶつばつ）を怖れず、自らの命（めい）を天命（てんめい）となすものが出たとしたら、それも、燃えさかる炎が森林を焼きつくす速さでやってのけるものが出たとしたら、民が死に絶える前にこの乱世を終わらせることができるかもしれん……信長というものが日本の中原（ちゅうげん）に出たそうだな」

わずか数千の軍兵で、駿河（するが）の守護、今川義元（いまがわよしもと）率いる二万五千の大軍勢に挑み、これをうち破った桶狭間の戦いは、一年半前のことである。

「天下を鎮める大命を帯びていると自ら豪語しているそうです。怖れるものを持たない魔王だと、河原の流人どもは震えおののいておりましたが、麗しき軍神と、根来衆(ねごろしゅう)のあいだではもっぱらの評判でありました」

「群雄並び立つ地で躍り出たのだ。どれほどの器量の持ち主であることか」

あるいはこの男かもしれないと、光綱は思う。天の子と己(おのれ)を鼓舞し、同族間の争いや同腹の弟との家督争いなど、領国内のすさまじい権力闘争に信長は次々勝利していったという。国を継いだ総領の使命、くらいの考えでは、到底できはしない。

「あまりの蛮行、残虐さに、傅役(もりやく)が自害して戒めても、弟を謀(たばか)って殺しても、次を目指してさらに戦える人間だそうです」

いや、信長だけではなかろう。

旧弊な父を追いやり、裏切りそうな娘婿を刃にかける。戦国大名ならやってあたりまえのことである。強いて自分を高め、強めておかないと、イナゴのように襲ってくる大軍が領地を容赦なく踏みにじって、通った後には家臣や領民の屍(しかばね)以外何も残らない。

「戦国の世はまだまだ続くな……」

光綱は一度閉じた目を開いた。

「土佐には昨年、長宗我部元親さまが立たれた」

右馬介はうなずいた。

「都でも噂は入っておりました。際立った姿かたちに、青竜のような霊気、早くお目にかかりたいと根来衆は申しておりました」

「父上の仇討ち、長宗我部の復興に繁栄。元親さまも戦国の申し子のようなお方だ。四国の乱世もこれからか」

すうと息を吐いたのち、光綱はふと表情をやわらげた。

「……もう一服、どうだ？」

「ありがたき幸せ。怖れながら、いま少し喉の渇きがございます」

「茶はよいな、右馬介。我らのような凡夫にもいっときの安らぎをくれる」

毛が生えかけた坊主頭に侍烏帽子をちょこんと乗せ、右馬介は同意の頭をさげる。今朝の緊張がようやく解けたのか顔の筋肉も緩んで、太い眉がくりくりした丸い目の動きに合わせて盛んに上下するのを光綱は面白そうに眺めた。

「それにしてもお前は坊主頭がよう似合う。根来の僧たちも侍とは思わなんだろう」

御意、と右馬介も調子に乗って、

「昨日の船頭も騙されて、某を旅の僧と思いこんでおりました」

と自慢した。

——なんと。シゲの方が一枚上手か。

光綱はシゲという男の底知れなさを感じたが顔には出さなかった。

「……で、確かに元親さまは、本山茂辰との合戦で、根来衆を雇うたのだな？」

右馬介は低頭する。これも、光綱が知りたかったことである。

根来衆とは鉄砲隊を率いる戦闘軍団のことである。

一五四三年、ポルトガル人が種子島に三挺の火縄銃を持ちこんで、鉄砲が日本の戦に本格的に加わるようになる。以前にも、琉球や中国から、三連銃だとか、火槍という大砲のようなものが伝わってはいたが、騒々しいうえに銃身に施錠（ライフリング）がされてないので確かさを欠き、実際の戦ではそれほど重宝されなかった。

だが、今度は違った。種子島の城主の前で行われた試し撃ちで、ほとんどの弾が的（まと）を貫いたのである。竹把（たけたば）（竹を束ねて作られた盾）は破られ、搔楯（かいだて）（厚い板で作られた移動式の盾）は貫かれた。種子島時堯（たねがしまときたか）は大金で二挺買い、ついでに火薬の作り方を聞きこんだ。だが、たかが二挺ではなんの役にも立たない。ほどなく種子島には鍛冶職人が集められ、半年で数百挺をこしらえたという。

そのとき種子島にいた根来寺（ねごろじ）（和歌山県）の僧も一挺手に入れた。こちらも帰ってから刀鍛冶と協力して鉄砲鍛冶を始める。戦乱の世のこと、種子島よりはるかに地の利がある根来寺は、堺とともに銃の製造の中心となり、根来衆はその実践部隊となったのである。

「わしはまだ鉄砲をみたことがない」

光綱は正直に言った。

「十六間の距離から鎧を貫けるそうにございます。弓矢だとせいぜいが七、八間。ですが、百発百中というものではありません。長さは四尺ほどですが、重いうえに、点火にも時間がかかります。戦うには槍のほうが上でしょう」

「しかも値が張る……だが、刀鍛冶らはじきによいものを作りだすだろうな」

「元親さまは土佐でもこしらえることをお考えだと、根来衆は言っておりました」

　こののち長宗我部元親は薩摩に植木隼人と名乗るものを送って製造技術を学ばせ、香美郡岩村に鍛冶場を造って、春田五郎兵衛らに製造させたという。

「……そして、本山は雑賀衆か」

「正確にはわかりませんが、双方とも二、三十名には達するかと」

「それらがみな、鉄筒を携え、信長らの戦い方に通じているのか」

　戦闘の形が少しずつ変わっていくのを光綱は感じる。

　土佐では元来、軍兵の足りない分は、裕福な農民を駆り出して戦ってきた。むろん、それもひどい話である。だがこちらのほうは同じ土地に生を受けた人間どうし、勝ち負けには同じ喜びと痛みがある。だが傭兵にこの心はない。勝つためには、きわめて冷静に、あらゆることをするだろう。

「これも、戦国の世ではあたりまえ。あるいは、金の力か」

　毛利は石見銀山をおさえて強大な軍事力を手に入れたし、越後の鳴海金山で財政を立て直した上杉もしかりである。また明や東南アジアとの貿易で、大内や島津、土佐では一条が肥え太った。

　天下をとるためには金がかかる。そして金をかけるごとに、戦いはすさまじさを増している。

　だからといって、逃げるばかりできるわけもなく、受けて応えなくてはならない場面もあるだろう。

　ここ土佐でも、刀を振るう前に、まず策をめぐらして敵を陥れるという方法がよく取られた。なぜならその方が、おたがいの被害が少なくてすむからである。事実このやり方で、片岡茂光は直季を旗頭に、本山氏の麾下・和田美濃守から上八川を奪いとった。

だがその茂光も、いざ戦うとなれば、馬で柵を乗り越えている敵兵には弓を引かないとか、洪水で木にとりついているものには槍を向けないといった戦い方を正しいとしていた。

卑怯な真似をする兵は「犬」と呼び捨て、味方からも侮られていい。武の矜持を持つものだけが、弓をとり、槍を振るって、妻や子が待つものを屠ることが許されるのではないか、と新しい当主、光綱も考えている。

それに光綱だけは、父の心の奥にある考えを心得ていた。

――近いうちに皆を集めて、話さねばならんだろう。

心に刻んでから、光綱は眉に込めた力を抜いた。

「さて、右馬介。お前はまだわしに話すことがあるな」

右馬介は一歩後ろにずりさがると、額を畳にこすりつけた。

「お祭しの通りにございます」

「娘を連れ帰ったというのに、まちがいないな」

「はい、仰せのとおりにございます。勝手をいたし、まことに、まことに申しわけございません」

額から汗が滲み出てくる。

領主は腕を組んだ。

「もし、わしの側室にと考えてのことなら断らせてもらう」

慌てて首を横に振った。

「と、とんでもございません。あれは山奥に住んでおった農夫の娘、お屋形様の室になれるようなものではございません」

「……では、どういうことだ」

「あれは……わたくしの、わたくしめの……藤田の養女にございます」

だしぬけに大声を出した。

「怖れながら、お屋形さまに申しあげます。某、三好勢の小荷駄役としてあちこちを転々としている間、むごいものを見続けました。戦と天災がよってたかって弱いものを食い荒しておりました」

光綱はうなずく。

「……三好から離れて宮府に戻ったとき、父子が勧進をしているのに出会いました。それまで人を殺めることもしなかった代わりに助けることもせず、氷のように生きておった某はこれはもう手伝わねばならんと決めました。荒んだ心が耐えきれなかったのでございます」

右馬介は、二人から人探しを頼まれ、丹波まで出向いて尋ね歩いたことを話した。

「……早く片岡に帰らねばならぬことは、よくよく承知しておりました」

いや、と領主は首を振る。

「二年の年月をわしはお前に与えた。最初の一年九か月で用を終えたのであれば、あとの三か月をどう使おうと構いはせん。それにお前のことだ、片岡に何事もないのを知っておったのだろう」

右馬介を許した。

「ありがとうございます」

「それで……あれが、その父子の探していた娘なのか」

「いえ……残念ながら、紫蘭の子は見つかりませんでした。帰国の期限も近づいておりましたので帰路に着いたのですが……」

あの夜が脳裏によみがえる。

「……一家は木に縄を回して筵を掛けただけの、小屋ともいえないようなところに住んでおりました。両親と、娘の下には二人の幼子、ばあさままでおりました。文無しの聖とみて、このばあさまは某を嫌がっておったが、父親は、粟の粥を分けてくれました。それが水のように薄いのです。寝るのは土座といえば聞こえはいいが、ようは茅の敷かれた土の上、それは厳しい暮らし向きでございました。

翌日、出立した某を母親が追いかけてきました。娘を連れていってくださいと頼むのです。お坊さまを信用いたします。食べさせてくだされればそれでよろしゅうございます、と申すのです」

「……見ず知らずのお前にか」

「はい。このままでは、じきに姑に売りとばされると」

「そうか……」

光綱は小さく首を振った。

「その老婆に、孫を売ってまで生きる値打ちがあるのだろうか」

「みな、なんとか生きておるのです。そういうことばかり見続けましてございます」

領主は黙ってうなずいた。

「……それで、連れて帰ったというのか」

再び右馬介は畳に両手をついた。

「藤田右馬介、紫蘭の子を助けることはできませなんだ。だが、誰かを助けたい、人の役に立ちたいという思いが、最後の最後で溢れたのでございます」

黙って領主は、右馬介が額を押しつけるのを眺めた。

「うちには子ができません。みつも大切にするでしょう。よく働いてきっと片岡のお家(いえ)を助けるでしょう。お屋形さま、どうか、どうか、我が養女にすることをお許しください……それと」

一瞬言いよどんだが、またしても大声をあげた。

「お許しください。光綱さまから頂いた銭袋を母親にやってしまいました」

「銭袋を……いくら渡したのだ?」

「いくらかわかりません。某、光綱さまから頂いて以来、もったいなくて中を開いておりませなんだ」

光綱はあきれた。

「なんと……二年間、お前は袋の中身を確かめなかったというのか?」

「は……はい。某、食い物、寝るところはなんとかなりましたので、頂いたお金は手をつけずにおりました……それで、そのまま、母親に渡してしまったという次第で……」

「そのまま渡したか」

「はい、今にも老婆がやってきそうだったので、慌ててしまい……こ、これは、も、も、申しわけないことを……」

大変なことをしたらしいと気づいた右馬介は、おそるおそる光綱を窺った。ところが領主は、突然大きく笑いだしたのである。

「右馬介、お前を叱ることなど、わしには到底できん」

ひとしきり笑ったあと、光綱は明るい顔を右馬介に向けた。

「わしは今日、初めて胸のすく話を聞いたぞ」

そういって膝を打った。右馬介はまたまた平伏する。

「なんともはや、藤田右馬介、面目次第もございません……それで、それで……おそれながら光綱さま……銭袋には、いかばかり入っておったのでしょうや」

目を柔らかく細めながら、光綱は答えた。

「お前が二年のあいだ、ひもじい思いをしなくてもよいだけのものを入れておいた。おおかた老婆は腰を抜かして、数日寝込んだであろう」

身体が震えだした。

「も、も、申しわけございません」

縮み上がった家臣の青い顔をみて、領主はまたも大きく笑った。

「もとよりお前に与えたものである。どう使おうとお前の勝手。その一家は、死ぬまで畳の上で眠ることができるだろう。生きた金の使い方をしたな、藤田右馬介。あっぱれじゃ」

右馬介の目から涙が溢れでた。

「光綱さま……ありがたき幸せにございます」

「右馬介、顔をあげよ」

目を赤くした右馬介に、主君は大きく頷いてみせた。

「よい娘か。名はなんという。幾つになる？」

「はい、ゆきと申します。今年、十四になったと申しております。

顔を拭いてから、侍烏帽子に指をいれて、頬や額の汗も拭いとった。

「一緒に旅をしているうちに父の情が芽生えました。色はちと黒いが、純朴な、やさしい心根の娘でございます」

「それで、お前は、わしの室にするつもりはないのだな」

「ございません！」

立場を忘れて右馬介は、またまた大声を出した。

「お屋形さまにはまことに申しわけないが、藤田右馬介、ゆきをお屋形さまの妾に出すつもりはまったくもってござらん」

いかにも楽しそうに、領主は満面の笑顔をつくった。

「よし、わかった。聞き届けたぞ、藤田右馬介。お前の娘にするがよい」

ははーっと右馬介は、またしても領主に平伏したのである。

土佐に冬

一

ゆきが藤田右馬介（とうだうまのすけ）の娘となり、黒岩に住むようになってひと月がたった。

この最初のひと月をゆきは生涯忘れることはなかった。

突然光が差して、自分を包みこんだような感覚があった。一日一日が長く豊かで、だが渓流のように流れていった。

山の切岸から仁淀川の懐（ふところ）に入ったのである。

色々なことが湧いて出たように始まった。

まずは右馬介の妻である。

みつは夫が無事に帰ったことと、ゆきがついて来たことを重ねあわせた。神さまが褒美をくださった、大切に育てることこそ使命と信じこんだ。

さっそく手取り足取り世話を始めた。

黒岩に来て何日かたった今朝の食事の時も、右馬介の世話はほうって、座敷でゆきに手鏡を持たせ、後ろから短い髪に何度も櫛をあてている。これを毎日やる。

「もうこんなふうに髪を切ってはなりません。ゆきは藤田家の女子なのです」

頭をなでながら顔を覗きこむ。

「長くなったら、ここに笄(こうがい)(髪をたばねるかんざし)をつけましょうね。お父さんにお願いしましょう」

櫛を膝に置いてしみじみと眺めた。

「なんと、かわいいことよ」

「ええかげんにせんか」

右馬介は囲炉裏端(いろりばた)でツガニをつぶして煮た汁をひとりすすっている。

「ゆきが困っているのがわからんか」

みつはさっと立って右馬介の前に座った。

「母が娘に色々と教えておるところ。右馬介殿は口を挟まれませんよう」

睨みつける。

「ゆきにはこれから、たくさんの幸せをやらねばなりません」

「わしの世話はせんのか」

「二年もほっつき歩いておられたではありませんか。ご自分のことはご自分でおできになられます」

嫌味まで言う。

心細い夜を長く過ごしてきた妻の気持ちを、右馬介もわからなくはない。だが、これではゆきのためにはならない。

「……だがな、みつ。そうやって可愛がればええというものではない。ゆきだってどうしていいかわからんのだ……かわいそうに」

持たされた手鏡を膝におろして、ゆきはとうとううつむいてしまった。

「い、いえ、右馬介さま……お父さん、うちは、そんなことは……」

「みつ、お前は子育てというものがようわからんのだ」

夫は優しく諭した。

「それはわしも同じじゃ。どうかな、彦次(ひこじ)のところで、少し桑畑や糸紡ぎでも手伝わせてみては」

彦次とは、右馬介の屋敷内の小屋に妻のかよと住んでいる下働きである。ふだんは右馬介夫婦の身の回りの世話をし、またほかの小作とともに藤田家の給地を耕作していた。

「とんでもありません。ゆきの手が傷(いた)みます」

農繁期には、自分も右馬介と一緒に働くのに、ゆきにはさせたくないのである。

「みつさま……いえ、お母さん」

「なあに」

ゆきが手をつく。

「何か仕事がしとうございます」

「あれまあ」

「それみろ」

右馬介は椀に残った汁をすすった。

「……なに、少しだけやらせたらええ。気晴らしになるし、黒岩にも早く溶けこめる。おまえがそうやって一日じゅうとりついておったら、ゆきも息がつまる」

「それは……そうですね」

みつも認めた。

「では、時々かよのところにやりましょう」

「黒岩新町にも連れていってやれ」

「あそこはなりません。妙なものがうろついております」

眉を吊りあげる。

「これほど麗しいのです。いつ何時、かどわかしに遇うか、知れたものではありません」

ゆきは真っ赤になり、右馬介も吹きだしそうになった。

「では、茶園堂に行かせてやろう。理春尼さまも来るように申されておった」

理春尼と聞いて、みつは姿勢を正した。

「わかりました」

それほどにここの人々は理春尼を敬っている。

「ゆきよ、昼からでもかよと一緒に茶園堂に行ってきたらええ。だが、遅うなってはいかんぞ」

結局右馬介も、かわいくてならないのであった。

その日から、季節は冬へ向いたようだった。

寺野川にかかる土橋を渡り、土手に沿って山の方角にかよと歩けば、左手下に広がってゆく給人屋敷の板塀からイチョウが裸の枝を覗かせて、北風に小刻みに震えている。足元の枯草も踏みしめるたびにかさかさ、かさかさと音をたて、気がつけば初冬の空気がゆきの首筋を冷やしていた。

「来たときは、暖かだったのに」

「ここいらは急に変わりますきに。ゆきさま」

川縁につけられた雁木の石段を、かよは軽々とおりていく。しゃがみこんで流れに桶を差し入れれば、清らかな水が自然に入っていく。

「きれいな水」

「そうかね。わたしら、生まれた時からやけえ、なんのことはないが」

「たくさん魚がいるのでしょうね」

「そりゃあ、おるがよ」

桶を重くしてかよは石段を上ってくる。

「今朝のツガニも、せんだっての大水のときに捕れたき。ご主人さまがもうじきお帰りになるとみつさまがあんまり言い張るもんじゃき、私らの小屋で逃げんように桶に胴丸（どうまる）（椀型の竹籠）をかぶせてしばらく飼うとった。それがまあみごと、お帰りになったというあんばいじゃが」

「大水……洪水になったのですか」

雁木の一番上の段に桶を置いて、かよが土手に腰をおろしたので、ゆきも並んで座った。

「……それほどじゃあないが。いま時分にここいらは決まって大雨が降るがよ。水かさが増えて、流れが速うなる。海に降りるツガニの最後のがいっせいに流れに乗るが。うちの彦次が村の男とウグエ(円錐型の竹籠。獲物を追い込んで捕える)を仕掛けたらどっさり捕れたき」

「海って……新居ヶ浜?」

かよは髪を留めている細縄をはずして口にくわえ、両手で髪をまとめはじめる。

「……ほうよ。ツガニは海から来るきに」

「……歩いて?」

「そうがよ。ほかにどうする?」

歩くしかない。

「どれくらいかかるじゃろうかね。流れのゆるいところを選んで、川沿いをゆっくりゆっくり横歩きじゃき。本流より、柳瀬川とか宮野川とか、支流の方にようけ住みつく。岩にぶつかって殻が壊れるのもおるんやと。うちの彦次が言うとった」

川船でも半日以上かかったというのに、小さい、掌におさまってしまうほどの生き物が、海から山なかまでふた月、いやそれ以上かけて川を歩いてのぼってくる。速い流れに呑まれたり、石で潰されたり、天敵に食べられてしまうものも多くいるだろう。

「すごい……えらいですね」

口を尖らすようなしぐさをしてから、かよは笑った。

「えらいもなんも、ゆきさま、本能やき。なんも考えとりゃせんがね」

こちらも吹きだしそうになって、ゆきは両手で口をふさいだ。

「カニ汁は美味しかったぞね？」

かよがのぞき込む。

ゆきは口を手で押さえたまま大きくうなずいた。

生まれて初めてカニというものを食べた。こんなにおいしいものがあるとは知らなかった。

「わたしも好きやき。アイ(鮎)よりゴリより好きやき。明日はナスと炊きますで。これも美味しいが」

この前の船頭のように、かよは誇らしげに顔を赤らめた。

「仁淀のカニは日本一じゃ。来年までのお楽しみ。さて」

腰をあげた。

「そろそろ行きますか。水を汲んでもっていくんが、茶園堂の仕事のひとつ」

「うちが持ちます」

「そりゃ、させられんで」

手元にぐいと引きよせる。

「みつさまが見んさったら、怒られる」

ゆきの前をまた歩きだした。普段の姿勢が悪いのか、仕事のせいかはしらないが、そんなに年を寄せているでもないのに腰が曲がってる。太布の野良着を重ね着して、桶をもって歩く後ろ姿に、ふいに丹波の母を思い浮かべた。

土手を降り、畑の畔道になってから、ゆきは手を伸ばす。

「もう上からは見えません。一緒に運びましょう」

へえ、とかよは顔をほころばせた。

「ゆきさまが来んさって、わたしゃあ、まっことよかった。右馬介さまもみつさまも、楽しそうでねえ。ほっとしたがよ」

ほどなくして目の前にアラカシの大木が現れ、茶園堂の入り口に人の姿がみえた。

「今日は理春尼さまがおいでとる、ほら、お堂の裏」

茶園堂の右手には黒塗りの輿が置かれ、烏帽子を被った二人の小者が、地面に座って何やら語りあっていた。

「庄田（黒岩の南にある村）の万福寺からあれに乗っておいでるき。茶園堂はほかにもあるきに、ここに来られるんは何日かに一回。今日のお菓子はなにがやろ。やれ、うれしや」

小走りになったのでゆきもあわてて走った。

茶園堂の裏口に回ると板戸を開け、かよは大声をあげた。

「理春尼様、ようおいでました」

「まあ、かよ」

小さな炊事場に作られた作業台の上に、皿やら湯呑やらを並べていた理春尼は、かよの声にふりむいた。

水屋にはほかに二人の手伝いがみえる。二人とも給人屋敷の夫人らしく、色染めの小袖に襞の入った裳をつけて、黒髪を笄でまとめている。いつもと違うあらたまった感じがして、かよは一歩引いた。

「今日はまた……なんぞね」

見れば、湯呑は木をくりぬいた普段使いの椀ではなく、焼き色のゆかしい陶器の茶椀だし、菓子を乗せる器は高価な塗りもののようで、抹茶のかぐわしい香りがそこはかとなく漂っている。

「今日は抹茶と美味しい菓子で接待しようと思ってね。たまにはいいでしょう？　寺からいろいろ運んできたんですよ」

二人の女が笑顔でうなずく。

「そらまた、ええあんばいですけんど……」

「湯だけ沸かしてくれればいいんですよ。水汲みはみんなで手分けしてやりましょう」

場違いに感じて、かよはいよいよ入りにくくなってしまった。

「さあ、入って。まあ、水を汲んできてくれたのね、ありがとう……あら」

やっと後ろにいるゆきに気づいた。

「来てくれたのね」

理春尼の顔を見て、ゆきははっとする。顔に少し粉をはたいているのか、今日は一段と美しいのである。

「藤田殿のところのゆきさんですよ」

二人の女は頭をさげた。

「私は竹内又左衛門の妻、藤(ふじ)でございます」

「私は上村孫左衛門の妻の多恵(たえ)、よろしくお願いいたします」

挨拶を交わすと、二人は湯を茶椀に注いだり、小豆の餅を菓子器に盛ったりして、それぞれの用に戻った。

「ゆきさんとかよには、お客様にお茶を運んでもらおう」

かよは思いきり首を振った。

「めっそうもねえ。裏の仕事をさしてつかあされ」

「身分はないのよ、ここでは。そうでしょう」

それでもかよは逃げ帰ってしまった。やれやれと理春尼は笑ってから、ゆきに耳うちした。

「もうすぐお屋形さまが来られますよ」

え、と小さな声をあげる。

「朝、連絡のものが寺に来ました。お屋形さまは、地頭をまわって税の取り決めをなされたあと、少し立ち寄られるそうな。それでこんな準備をしたんですよ」

楽しそうに理春尼は話した。

「もう少ししたらゆきさんを呼びに行かせるところでしたよ。ゆきさんからもお屋形さまにお礼を申したいでしょう?」

はい、といいながら、胸が痛くなってくる。

——まさか……お屋形さまがここへ来る。どんなお方だろう。

右馬介の話を聞きながらその姿をあれこれ思い描いていたゆきである。心の広い、優れたお方に違いないと思いながらも、まさか、ま近で、こんなに早く会うなどとは考えてもみなかった。

理春尼の用意したやわらかい布で盆をふきながら、緊張でこわばっていたが、

「お屋形さまがお着きになりました」

と、表から到着を告げる中間の一言で、とうとう身体が震えはじめた。

「ご領主さまじゃあ」

お忍びとはいえ、その威厳に気づかれぬはずもなく、百姓たちの歓声が聞こえ、寄り集まってざわざわと地面にひれ伏す様子がうかがえる。馬の小さないなき、かちゃかちゃと鐙（あぶみ）からおりる音。

「お邪魔いたす」

それからよく通る声が小屋に響き渡った。

「いま、床几に腰かけられた」

板戸を少しだけ開けて、理春尼が裏方に合図を送る。竹内又左衛門の妻が漆塗りの菓子器をゆきに持たせた。

「さあ、これを」

ゆきは青くなった。

「ど、どうしていいのかわかりません」

「どうぞ、といって手渡せばいいのですよ」

理春尼が目くばせする。

「お茶席ではないのだから、作法など何もありません」

それから、ゆきをじっと見て、

「あなたに会いに来られたんです。あなたが行かねばなりませんよ」と言った。

——会いに。どうして……。

そうか、と思いあたった。

——よそから連れて来られたものが、変な人間ではないかと心配なさったのだ。

唇を結んだ。

——それなら、助けてくださったお父さんのためにも、ちゃんとしなくてはだめだ。

「わかりました」

決心して菓子器を受けとり、竹内又左衛門の妻が板戸を開けてくれるのに合わせ、水屋から光綱の前に出た。

茶園堂には光綱しかいなかった。

ほかの客たちはさすがに同席しづらかったのであろう、皆外に出てしまい、光綱の従者も、馬とともに、表にいるらしかった。光綱は常着に袴の気軽ないでたちで、腰の指物も家臣に預けたのか、庭で夕涼みのような何気ない風情である。戸外を眺めていたが、ゆきが出てくるのに気づいて、静かに振り向いた。

「ゆきというのは、そなたか」

澄みわたる声の静かな威に思わず立ちすくむ。

「はい……お、お屋形さま」

「ここの暮らしに、少しは慣れたかな」

「はい、お屋形さま」

「右馬介は、よくしてくれるか」

目をほころばせてみせたので、ゆきの口元も少しやわらいだ。

「はい、とても」

「何か困ったことはないか。足りぬものなどないか」

ゆっくり首を横にふった。

「なにもかもございます」

うなずいてから領主は微笑んだ。

「その菓子を食わせてくれるかな」

急いで光綱に差しだした。

ひとつをつまみあげて、領主は口にいれた。

「おお、これは、美味い」

「……お屋形さま」

感銘を受けながら、ゆきは深く頭をさげた。

「うちを……わたくしを、ここに置いてくださり、ほんとうにありがとうございます」

光綱は頷く。

「それから……丹波のお母さんやお父さんや、おばあさんや弟たちに、たくさんのお金をくださってありがとうございます。藤田のお父さんから聞きました。お屋形さまのご恩は生涯忘れません」

「いや……うむ」

「わたくしはこれから、藤田のお父さんと、お母さんを、ずっと大切にいたします。この地で一生懸命生きてまいります」

「あいわかった」

「どうです。いい娘さんでしょう？」

後ろから理春尼が抹茶をもって現れた。

「これは、理春尼殿」

光綱が低頭した。

手渡された茶碗は光綱の好きな備前である。父の茂光が、これでよく飲ませてくれたのだ。光綱はすっと飲みほすと、一礼した。

「結構なお手前でございました。では、これにて」

そう言うや立ちあがり、光綱はあっというまに帰っていった。

挨拶しようと出番を待っていた家臣の妻は、驚いて水屋から出てきたが、すでに従者とともに発った後（あと）、馬に乗る姿を後ろから見るばかりであった。

「なんと……もう、お帰りとは」

「ご挨拶できると思っておりましたのに」

がっかりする二人に、理春尼は笑った。

「今夜は、黒岩城でご兄弟水入らずで過ごされるのです。早くそちらへ行かれたいのでしょう」

茶碗を片づけながら、戸口を見つめているゆきの肩に優しく触れる。

「お屋形さまは、あなたがいい娘さんなので安堵して帰られましたよ」

「はい……でも」

顔が少し曇っている。

「どうしたの？」

「お屋形さまはほんとうに立派な、お姿も立派なお方でした。ありがたいと思いました。でも、お屋形さまはわたしをどう思われたでしょう。わたしは少しも……いい娘といえるところがありませんから」

「まあおかしい。誰がそんなことを言ったのです」

「……わたし自身そう思います。だって……痩せていて、色も黒い。みっともない娘がきたものだと思われたのでは」

理春尼は右手をあげてやわらかく制した。

「あなたはまず、心根の美しい人です。光綱さまはそこをみて良しとなさいました。人に一番大切なのはそこです。そうではない？」

ゆきは、はい、と小さく答えた。丹波の母がいつも教えてくれることである。だが、祖母がまったく認めてくれないことでもあった。

「それとね、ゆきさん」

続けて言う。

「あなたは、自分が麗しいことに気づいてないのです。あなたのようなお顔は、あるときから、びっくりするほど美しくなるのですよ」

「え」

「その小粒の、少し切れあがった奥二重の目、すっとしたかわいい鼻に、まるい唇。今でも白粉をはたいて紅をさせば人形のよう。右馬介殿のところで毎日ご飯を食べていたら、ふっくらして、じきに麗しくなります」

「そんな……、ちがいます」

「ちがうものですか。それと……白くなりたい？」

うなずいた。

「そうなれたら……どんなにお母さんが喜ぶかわかりません」

毎日ゆきに手鏡を持たせて、髪を梳いてくれるのである。

理春尼はにっこりした。

「では、いいことを教えましょう」

耳の傍でささやいた。

「実は、あなたくらいのころ、わたくしも黒かったのですよ」

「まさか……」

「そうなのです。幼いころは兄の国親殿が、牛蒡姫（ごぼうひめ）、牛蒡姫（ごぼうひめ）と呼んで嫌がらせをしたものでした……

それで、どうしたと思いますか？」

　言葉を待った。

「……岡豊城（おこうじょう）の下を流れる国分川で、一日に何度も顔を洗いました。何度も何度も出かけていって毎日、一生懸命。そしたら、白くなった。あなたも柳瀬川まで出かけていって洗ってごらんなさい。いずれ仁淀川に吸いとられる清流、誰よりも白くなりますよ」

　今まで麗しくなるなど考えてもみなかった。そんなことが必要な暮らしでもなく、考える間もなかった。だがこうして右馬介の娘になり、髪を結い、小袖まで着せてもらっている。周りが丁寧に接してくれている。それに見合うものでありたいと、と考え始めた自分がいる。

　胸が震えた。

「観音さま。ありがとうございます」

「まあ……ありがとう」

　尼はもう一度微笑んだ。


　訪ねる人もまばらになり、初冬の日がずいぶん西におりたころ、逃げ帰ったかよが戻ってきた。

「早う迎えにいけと言われたもんじゃけ」

　ゆきを置いて帰ったことを、みつに注意されたのかもしれない。

「お迎えですよ」

　挨拶を交わす声がしたあと、木桶をもってゆきが出てきた。

頬に明るい灯が差している。

「何かええことがありんさったかね、ゆきさま」

いいえと首を振りながら先に歩き始める。

土手の手前まで小走りに出てから、急に立ちどまった。藤田の家に戻るには土手にあがって右に、柳瀬川と反対方向に歩かなくてはならない。後ろを振り向いた。

「かよさん、お願いがあります」

「なんぞね」

かよは曲がった腰に手をあて少しのばしている。

「またどうして」

「これから柳瀬川に連れていってください」

「どうしてといって……汗をかいたようなので、顔を洗いたいのです」

「ここで洗えばよかろうで。水なら母屋にもようけ汲んでありますで」

ゆきは頭をさげた。

「ごめんなさい。どうしても柳瀬川に行かなくてはならないんです」

「わけがわからんことじゃが……まあ、ええがですよ」

あれこれ聞かなかった。かよは土手の下を左に、柳瀬川に向かって先を歩き始める。

「ここを通ればみつさまに見られんですむき」

「ありがとう、かよさん」

「いやいや……ゆきさまの役に立ててええ気分ですが。それに、もう一杯水が汲んで帰れるというもんじゃ。黒岩新町には行かれんき、少し回りますで」

小走りになるので、ゆきも後ろをついて走る。

だが、なんのことはなく、何町もいかないうちに、黒岩新町の西側の、人気のない土手の下までついていた。

河原におりると、ゆきはすぐさま屈んで水を掬った。思っていたよりはるかに冷たい。初冬の日は低く、射すのが短くて、川を温めてはくれなかったのか、流れがとうとうとしているので温もることを拒んだのか、丹波の山に降る氷雨より冷えている気がする。

――でも、ずっと澄んでいる。

何度も何度も水を掬って顔にあてた。ゆきのすることを、かよは珍しそうに眺めていたが、

「いかん、船じゃ」

と急に声をあげた。顔をあげれば、川下から一曳近づいている。後ろから陽射しが来るので誰だかよくわからないが、漕ぐもののほかに武士が三人乗っている。

「お侍？」

「早う、あのカヤじゃ」

腕を強くひっぱって、かよは草むらの陰に連れ込んだ。

ぎっし、ぎっしと前を通る気配がする。

「顔をあげちゃあならんで。みられちゃならん」

ゆきは身体を小さくして動かなかった。

過ぎ去ってよほどしてから、かよは、やれやれとゆきを連れだした。

「なんとまあ、上八川さまじゃったがよ。ゆきさまも見にゃあならんかったが」

自分は見ていたのである。

「上八川さま……」

「光綱さまの弟さまで、ほれ、理春尼さまのお子やがよ。ほんまに麗しいき。光綱さまも美丈夫じゃが、長宗我部の血は女のようになるのお」

最初の日に茶園堂で見かけたことを思い出す。失礼はできないと頭をさげたままでいたが、凛とした若々しい気配が漂っていた。

黒岩城で今夜、片岡兄弟の集まりがあると理春尼が言っていた。

前だけをみれば、夕焼けに沈む山里は、一幅の絵のように美しく音もない。だが後ろには黒岩城があり、戦国のざわざわした今があった。

自分もその中に生きることになったのである。

ゆきはそれを、あらためて感じていた。

二

その夜光綱は、四人の弟と重臣を黒岩城に集めた。一年の終わりに一族の主だったものが揃って、その年の締めくくりをつけるというのが片岡の決まりである。

四人の弟とは、光綱と同腹の直近と直政、理春尼の子の直春と直季のことで、重臣とは竹内又左衛門、上村孫左衛門、それに今年から藤田右馬介が加わった。一年のあいだ都まわりに潜伏し、成果をあげて戻ったことが評価されてのことである。

土佐でも今年は空が荒れた。なんといっても弘治の飢饉のさなかであった。穀物の出来はかんばしいとはいえなかった。だが、山を均して梶や木を育て、土地を広げて茶を栽培した成果が徐々にあがっている。来年も食べていけるものにはなった。また、民に飢え死んだものが出たとか、疫病が流行ったという報告もなかった。このことを光綱は特によろこんで、簡素な宴を張ったのである。

ところでこの地では、給人（領主に仕えて禄を得ている武士階級）も農耕に出るのは珍しくなく、ここ片岡では竹内や上村のような重臣すら農繁期には野良着をきて農耕に向かう。水車の使用は本州では始まりかけていたが土佐にはまだ届かず、黒岩新町に鍛冶屋ができたものの、値の張る鉄製の鍬や鋤が買えるものばかりではない。先進的な近畿などに比べれば生産性はかなり低かった。その分、労働力がまとまって必要になる。つまり農繁期には人手がいるのである。他の地域にも例はあるが、特に土佐の兵農分離は戦国時代の後半にさしかかった今も完成していない。

宴のあと光綱は、一同を屋敷の奥にある質朴な茶室に招きいれた。床には赤い椿が活けられ、石炉の鉄釜からは湯気があがっている。光綱はその前に座った。

「兄上の茶は格別、いや、なんとも風流ですなあ」

緋毛氈になぞらえた御座が床の前からかぎ型に敷かれていて、主席に座したのは片岡家の二男、片岡但馬守直近である。三十を超えたばかりで大きな目と太い眉は光綱と同じく父譲りだが、丸顔に団子鼻なのは母方譲り、兄と比べればひとまわり身体が小さい。顔だちのごとくに人が良く、長兄の光綱をこよなく慕っている。

「土佐はいま、おおいくさのさなかだ。だが我らの領地は何事もなく、民は十分とはいかずとも植えたものを取り入れ、実ったものを摘み取ることができた。先日も川の幸が味わえた。今年は無事に越せるだろう。何よりである」

「そうですな、兄上。しかし、長宗我部元親さまと本山茂辰の争いは、来年いよいよ総力戦となりましょうな」

直近に並んで床の前に三男の片岡出雲守直政が腰をおろした。顎と鼻が尖った細い顔は片岡には珍しく、一重の目も吊りあがり気味で、唇を噛む癖が神経質そうな印象を人に与える。

「そうだ、直政。それをこれから語り合おうぞ。だが、夜は長い。まずは、茶を楽しんでくれ」

つまらない口を挟んだと感じ、直政は慌てて頭をさげる。

「先走って、失礼を申しました」

「いや、よいよい。直政のように事を急くことも、なにかと鷹揚な我らには必要であろう」

そう言って光綱は、この二人に茶を点てた。小者が運ぶあいだに、次の支度を始める。

「直春、身体の具合はどうだ」

片岡伊賀守直春と上八川城主紀伊守直季は、床を右手に座している。理春尼の生んだ二人のうち、兄にあたる直春は二十歳になったばかりだが、今年の初秋から病を得（え）、いまは黒岩城の東にある土居屋敷で養生している。

「兄上、日ごろはお役に立てず、まことに申しわけございません」

細い指を畳に揃えて一礼する。持ちあげた顔は青白くて、その表情は石のように固い。

「案ずるな。しっかり休むがよい。だが、家の中ばかりでは気が滅入ろう。暖かくなれば船でも仕立てて、直季の居る上八川に出かけてみるのもよかろうな」

端に座る末の弟に目を向ける。

「のう、直季。おまえも遊んでばかりおらんと、少しは勉強家の兄と親しむがよいぞ」

直季は、手を膝に置いたまま、はい、といって頭をさげた。

「……とはいえお前は、川遊びではなかなかの達人だそうだな。石の上を間者のように飛んで走るというではないか。やはりお前は、城主には惜しい」

皆が一斉に笑ったので、控えて座っている三人の重臣は、胸をなでおろした。

光綱は片岡の要（かなめ）。家臣たちはいつもそう感じさせられる。

人の心の揺らぎを読むのも、事の成り行きを鋭く解するのも、端正な立ち振るまいも、どれをとっても亡き茂光に勝るとも劣らない英邁の領主である。

それに次ぐ器量はといえば、末の直季だというのが、家臣の一致した見方である。

今のやりとりにすっかりそれが出ていると、藤田右馬介は末席で小さく頷いた。

二男の直近は温厚な人柄だけに、いざというときに厳しい判断は下しかね、三男の直政は気が小さいくせに先走り、勇みたつばかり、将の器にはほど遠い。また直春は学者の家に生まれたならばと歎(たん)じたくなるほど、武門からおよそかけ離れた線の細さである。

直季だけが決断する力や思考する頭を合わせもち、さらに光綱と同様、人を引きつける霊気を宿らせている。それを薄々感じているほかの兄弟を僻(ひが)ませないようにと、光綱は冗談を言って先手を打ったのである。

「承知しました、兄上。私が直季を仕込みましょう」

そうともわからぬ直春は、たちまち笑顔になった。

「折々で、連歌の作法や書法、小笠原の礼法などを学んでおりますゆえ」

「それは頼もしい。たのむぞ、直春。直季からも礼を言わぬか」

「兄上、お願い申しあげます」

笑いながら光綱は、義理の二人の弟にも茶を点ててやった。

ひとしきり、和やかな茶席がいとなまれたあと人払いをしてから、光綱は本題に入った。

「この度、藤田右馬介が無事帰還した」

右馬介は低頭する。

「まことに、ご苦労であった。だが、日本の情勢は聞いたとおり、混沌として成り行きはわからない。これと、土佐の形勢を考えあわせれば、我らが取るべき道は多くはないと考える」

全員、姿勢をあらためる。

「直春、直季。これからそちらの母上の里の話もせねばならぬ。聞くのが苦しい所もあろう。だが、我らは同じ片岡の人間である。わしは、ほかの兄弟と同様、お前たちとも分けへだてなく話し、皆で語りあうべきだと考えている」

　直春と直季は頭をさげ、光綱の同腹の二人のうち、次男の直近はそのとおりと言わんばかりに大きく首を縦に振ったが、三男の直政は、わずかに唇を噛んだ。光綱はそれに構わず、

「直春も直季も、言いたいことがあれば、兄ら同様、この場で思ったように言うがよい。我らは同じ意をもって生きねばならぬ。一枚となって事に当たらなくてはならぬ。そして、我らの絆がほかの何よりも強くなければならぬ」

　といって全員を見渡し、

「みな、それで構わぬな」

　と問うた。

　四人の兄弟は一斉に平伏する。三人の重臣もまた畳に額を押しつけて、領主の人品骨柄にいまさらながら感じ入った。

「ここは昔からさまざまな勢力がぶつかりあう不遇の地である。それというのも、仁淀川とその支流が多くの水を運んで、長い年月の間に山奥とは思えぬ肥えた土地をつくりあげたからである。我らや大平（おおひら）殿をはじめとして、これほど多くの土豪が住みついているところは土佐にはほかにない。だが、ひとたび荒れればすべてが流れ去る。そんなこともあってここでは肥えた土地や収穫物をめぐって、争い事も絶えなかった。我が片岡も、以前は刀を振るい槍を構えて争いに加わってきたのは皆も知ってのとおりである。

わしは今日、皆に、父、茂光公のお考えを話して、了解してもらいたいと考えている」

ひと呼吸置いた。

「片岡の地をもう二度と戦場にはせん。これが茂光公、それからわしの考えである」

「それは、どういうことでございますか」

三男の直政がまず聞いた。

「あの一条殿が父上に、この地の守護代にとお命じくださったのに、その裏で長宗我部と縁を持ったことこそ、戦の火種ではありませんでしたか」

「一条殿」については前にも少し触れた。五摂家という高い身分を尊ばれている幡多郡（土佐南西部）の支配者で、一条兼定が現当主である。明やアジア諸国との中継貿易や木材の売買にも力を入れて、土佐にいる実力者のうち、特に勢力旺盛なものを七守護、と当時言われていたが、一条氏はその上で別格、とはやされるほどの富を蓄積し、かつ家柄の威風を保っている。

ちなみに七守護に挙げられたものは、東から安芸氏、山田氏（山田氏のかわりに香宗我部氏を入れる説もある）、長宗我部氏、本山氏、吉良氏、大平氏、津野氏。長宗我部氏はその中で一番下位であった。

この「別格」一条兼定が、戦国のならいか、土佐の国取り合戦に名乗りをあげ、東に向かって侵攻を開始している。

「一条殿は津野の領地に侵入して津野基高を葬り、津野から援軍を請われた大平殿も一網打尽にしてしまわれた。いまやその力はこの近くまで及んでおります。なんと申しても、一条殿の家柄は土佐では破格、所領も一万六千貫と言われているが、いまでは二万、いや三万、それ以上に富を増しておられるはず。一条殿より深い関係を、敵対する長宗我部と結んでしまうなど、これからこの地を守るためにどれだけの得がありましたでしょう」

「それよりわしは、天文三（一五三四）年に大平国興殿が開いた評定で、わが父が近隣同盟を誓いながら、大平殿のお頼みをことわって、津野を見殺しにしたことがどうにもすっきりいたさん」

　こう言ったのは、二男の直近である。

「大平殿はもともとこの地の守護、我らの主家に当たる家柄でござる。あの同盟で感激なされた大平殿は、翌年鯨坂八幡宮に参られて、天下の泰平を深く祈願なされたそうな。大平殿の平らかなるお心を思うと、わしはどうにも腹の中が、こう、気持ち悪うて」

「馬鹿な。大平殿を主家などといまでも思うているのは、兄者と斗賀野の米森元高ぐらいのものだ。歌遊びに狂い、都のほうを向いて寝ておいでの大平など、いまの世に生きていけるものか」

　人のよい兄を、弟の直政が一蹴する。

　大平氏は、鎌倉幕府が土佐の守護に任じた藤原国信を祖とする名家である。貴族との交流が深く、中でも文声名高い先々代の大平国雄は、時の権力者、細川政元邸で開かれた犬追物にも名を連ねている。蓮池城下（高知県土佐市）の妙蓮寺は、京都五山の一拠点でもあり、その伝統的な権威を尊ぶ国人たちはいまでもいくらか残っている。

　直近が述べた近隣同盟は、その大平も代を経て国興の代となり、土佐の戦国がいよいよ本番に入ったころのことであった。土佐の中央では本山氏が嶺北（北部の山岳地帯）から朝倉（現在の高知市の西部）まで南下、さらに西に向かって拡大しようとしていたし、岡豊の長宗我部国親も、武士団を組織し始めた時期である。

大平国興に請われて蓮池城には近隣の国人が集まった。

佐川（高知県佐川町庄田）の中村越前守信義、斗賀野（佐川町斗賀野）の米森玄蕃元高、尾川（佐川町）の近沢将監祐清、上八川の和田美濃守晴長、波川（いの町）の波川玄蕃清宗などとともに、片岡茂光も呼ばれた。

その席で国興は、一条氏の動きを憂い、盗人同然の長宗我部や本山の蛮行を憎んだあと、近郷同士の協力、親善を同席の者に誓わせたのである。

「大平は長宗我部の仕返しが怖いのよ」

大平氏は、かつて本山氏の号令に従って、吉良氏や山田氏とともに、国親の父である長宗我部兼序を岡豊城に葬っている。

「本山梅慶も怖かろうが長宗我部国親さまはもっと怖い……自分では到底守りきれないから、昔の威にすがって周りに助けを求めたのじゃ。我らに何かあっても決して助けになぞ来はせん。それでも大平の顔を立てて、父上は評定に参加した、それだけのことでござる」

直政は熱弁をふるう。

「考えてもみられい、兄者。あれから上八川の和田美濃守は本山に通じ、波川玄蕃は先般、長宗我部元親さまの妹君を娶ったではござらぬか。皆、自分のことで手一杯、あのような近隣同盟にはもはや何の意味もござらん」

弟に言い捨てられて、直近は肩をすぼめて黙ってしまった。

「まあ、たしかに、たかだか三千貫と言われたころと今の長宗我部は違う。なにしろ、新当主、元親さまを売りだすのに、家臣が考えだした『土佐の出来人』の言い回しは、民の間でおおいに流行っておるからのう」

唇を舌で湿らすと、直政はさらに続ける。

「だが、一条殿にはまだ遠く及ぶまい。一条殿は国司のお家柄であられる。一条殿を侵すことは土佐を侵すこと。一条殿に刃向うことは、我らの大義を失うことになりませんか。一条殿を押し戴いているうちは、我らは安泰。そうは思われませんか」

当主に詰め寄った。

「ご当主のご意見や、如何（いかん）」

光綱は目を閉じて、二人のやりとりを聞いていたが、

「長宗我部国親さまと姻戚を結んだときの父上のご決断を、わしはよく知っておる」

と受けた。それからゆっくり目を開けて、

「父上は……茂光公は、わしを呼んでこのように言われた」

一同、かさりとも音をたてず、光綱を見守る。

「……長宗我部は、まださほど大きくない。だが、最後に残るのは長宗我部だろう、と」

「なぜ、そう思われたのでしょう」

即座に直政が問うた。

「いまでこそ破竹の勢いかもしれぬ。だが、あのときは七守護でも下の端だった」

「わしもそうお聞きした。すると、父上はこう答えた。
長宗我部国親さまは、一条殿に助けられ、六歳から中村（現高知県四万十市）で養われた。本山(もとやま)、大平(おおひら)らの連合軍に岡豊(おこう)城を焼かれて、あの時長宗我部は終わったのも同じだった。だが国親さまは他人の飯を食(は)み、慣れない生活に身をおいて耐えながら十年間命を継いで、みごと岡豊に帰還を果たしたのだ。一族の無念を晴らすという炎のごとき心念があってのことである。この念のすさまじさこそ、長宗我部一門と家臣の原動力。三倍の敵兵にも勝る力となる」

さらに続ける。

「……また国親さまは、源頼朝公のように、他人に育てられたことで、人の心を読み解く力を手に入れられた。一条殿をうまくいなしたからこそ、無傷で岡豊に帰還できたのである。この力が軍を動かすときにも、他家との交渉にも有利であることはいうまでもない。かの方の頭は刃(やいば)のように鋭い」

藤田右馬介ほか控えている家臣も耳を欹(そば)だて、聞きいった。

「……あまつさえ長宗我部には、長年吸江寺(ぎゅうこうじ)の寺奉行を務めてたくわえた財がある。これで武器を揃え、兵を集めることができる。最後に国親さまには、軍神が宿っておられる。我が戦いは聖戦であり、その勝利は全(まった)き善である。この考えが国親さまの中で微動だにしない。一度お会いしてそれがみえたのだ。父はそう言って締めくくった」

言いおえて光綱は、小者が置いていった盆から湯呑を持ちあげた。

「我らとて戦となれば、誰ひとり死など怖れておりません」

次男の直近がそろそろと口を開く。

「いまでは大平殿に替わって、このあたりで最も力を持っておるのが我が片岡」

三男の直政もそう息巻いた。

「そのとおりである。わしも父に、我らの団結力を申しあげた。さすれば父は」

湯呑をおく。

「……我が心念は、戦を起こして領地を拡げることにあらず。片岡に従う領民をなぐさめ、この地を守ることなり、と申された」

長い話になるが、と光綱は続けた。

「……今から五年も前になるだろうか。大風とそれに続く長雨で大仁淀が荒れたことがあったな。坂折(さかおり)川も、柳瀬(やなせ)川も、寺野(てらの)川も、台住(だいじゅう)川も、およそこの地の川という川、大も小もみな溢れた。あの年のことは憶えていよう」

皆うなずく。

「……黒岩(くろいわ)も柴尾(しばお)も片岡も、村という村が泥に埋まった。家畜や家屋が流されたものも多かった。これは年貢どころではなかろうと、父上はみずから村々に足を運んで民の様子を見てまわった。村人は恐れおののいて、潰れた家を茅(かや)で隠し、水に浸からなかった畑に莚(むしろ)を引いて父上を出迎えた。地頭は櫃(ひつ)をさらって米を炊き、父上に差しだしたのだ。

父上は言われた。お前たちが普段食べているものを出してはくれまいかと。出てきたのは藁(わら)の粥だった。父上はそれを召しあがった。そして気づかれた。我らが民の盾になっているのではない。民が我らの盾になっていたのだ。天災でも戦でも、最初に飢えさせられるのは、この地を豊穣にしている民なのだと。

城に戻られた父上は穀蔵（こくぐら）を開け、蓄えを村人に分け与えた。民が飢え死にしているのに、どうして我らが生き残れる。我らだけが生き残ってどうなるのだと父上は申された」

思いだして右馬介は胸が痛くなった。城ではそれから当分、藁の粥を食べたのである。

――藁（わら）を食べながら、どれだけありがたさで涙をこぼしたかわからん。このお方のためなら泥でも食える、いや飢えて死んでもいっこうに構わないと思ったのだ。

「……そうやって民の心になって励まし、一転豊作となった翌年に、父は祭りをひらいた。地蔵堂に舞台をこしらえて真っ先にあがり、先祖から伝わる盆踊りを晴れ晴れと舞ってみせた。そのあと家臣も民も舞台にあげて、皆で一晩踊り明かした。以来この盆踊りは理春尼殿のお力で毎年続けられているのは皆も知ってのとおり。あのときほど、我が父を尊いと思うたことはない」

右馬介は目を拭いた。

――片岡にお仕えできることこそ、藤田家、末代までの誉れである。

よいか、と言って皆を見渡した。

「我ら片岡とて周りに聞こえた剛なる一族、田畑と領民を数えればいまや相当な富がある。声をかければ、つき従う近郷の国衆もいるだろう。

だが、右馬介の話のとおり、今、戦をすれば、日本を覆いつくそうとしている猛火と最後は繋（つな）がっていく。本州で最も強大になったものがやってくる。さすれば兵具や兵站に劣る我らはどうする？

我が土地で籠城戦をするしかない。そのあとの地獄絵が、皆にはみえないか。

攻めてきたものは兵站を絶つために、まず民の暮らしを打ち毀す。田を踏み躙って畑に火を放ち、家を襲って食料を奪いとる。逆らった男を切り捨て、妻を凌辱する。竹槍で刃向かおうものなら、鉄の槍が骨を砕き、石を投げようものなら、鉄球が腹を貫く。寺野川や柳瀬川、仁淀の本流まで民の屍肉が水面を覆うだろう。

営々と受け継がれた労働の、世代を継いだ苦労の果てに、ようやくたどりついたこの地の豊穣が、民の虐殺とともにわずか一日で掃滅されるのだ。

我らはそうやって、それまで食わせてくれた民を見殺しにするのだ。

右馬介は都の飢饉の話もした。自分の領地が飢えれば他領に押し入って略奪をする戦国大名の話をした。皆はこれをどう思った？　戦国と天災のいまの世なら仕方ないと思ったものもいるだろう。なぜならそれがいまの世の考えだからだ。だが、まさかそれがほんとうに正しいとは思わんだろう」

そこでひと呼吸して光綱は、

「国とはなんだ」

と、皆に問うた。

誰も光綱の威をおそれて言葉を発しない。しばらくおいて光綱は、

「国とは、民と土地である」

と、みずからが答えた。

「誰が米をつくる。芋を掘る。山から木材を切りだすのは、川や海から魚を捕ってくるのは誰だ。土地と民が我らを養っている」

一同、頭をさげた。さらに光綱は問う。

「では、我らのできることはなんだ」

居るものは言葉を待った。

「民福をおいて他になし」

一斉に平伏した。右馬介は畳に額をこすりつけた。

――わしが見き聞きしたことから、光綱さまはこのお答えを出されたのだ。わしの二年は無駄ではなかった。

「……我らはこの地を我らの手で守る。この地で戦をしてはならぬ。これはやみくもに戦をするより何倍も厳しい。駆け引きをせねばならんだろう。だが、我らはやらねばならん。

父上は申された。この地を守るためには謀もする。大平殿や米森玄蕃、上八川の和田美濃守らと結んだ近隣同盟に反してでも、自分はこの考えを是とすることができる、と」

「父上の御心のままに」

「兄上の御意のままに」

ふたたび一同、領主に伏した。

領主の遺言は新しい領主によって家訓となり、皆に等しく伝えられたのである。

それから、当面の情勢の話となった。

いまでは、七守護のうち、吉良、大平、津野、山田（または香宗我部）が脱落し、おおざっぱに言って東から安芸氏、長宗我部氏、本山氏、一条氏の勢力図に替わっている。

だが、安芸氏は地の利も悪ければ軍事力でも残りの三氏に一歩後れをとっている。実際は、本山、長宗我部、一条の三つ巴の国取りになっている。

その本山と長宗我部がついに今年ぶつかった。

本山茂辰の出城である長浜城を長宗我部軍が攻撃して落とし、これ以後、長宗我部の圧迫が始まっている。そして、この戦いのさなかに長宗我部国親が病死し、嫡男の元親が歴史の舞台に躍り出た。

「……この近郷は西から一条、東から本山の領地に塗り替わりつつあったが、いまでは諸木（高知市春野町）あたりは長宗我部の領地になっている。先ほど直近が申していたとおり、来年は本山茂辰と元親さまとの総力戦になる。そのために我らは、本山軍を上八川で押しとどめ、こちらに累が及ばぬようにせねばならん。今よりさらに厳重な見張りと鉄の構えで本山を威嚇しておかねばならん。直季、小申田（直季の居城の東にある出城）の番を怠らず、木の瀬城（直季の居城の西にある出城）との連携をおろそかにするな」

直季が深く頭をさげた。

「かしこまりましてございます」

「それから大平殿の蓮池城のことである。皆も知ってのとおり、一時一条殿から本山の手に落ちたが、昨年からまた一条殿のものとなっておる」

津野氏を攻略し、大平氏も形骸化させた一条だったが、伊予で戦を交え、土佐が手薄になったその隙に、本山が蓮池城を急襲、一条の家臣を追いだして大平氏の名前を復活させた。だが、実権は無論本山で、領地も本山氏に塗り替わった。

それを昨年、また一条兼定が奪い返し、長宗我部もそれに加勢したのである。

「これには前もって一条殿と長宗我部元親さまとのあいだに密約があった」

一同は驚きの声を発した。

「兄上は、なぜそのようなことを御存知なのです」

直政が問うた。

「ここにいる藤田右馬介が都に潜伏中、長宗我部で働いていた根来衆からじかに聞き入れた」

いっせいに右馬介に視線が集まった。

「土佐にいるあいだは首が飛んでも言えぬ話だが、用事がすんであちらに戻れば、そこは金で雇われただけの傭兵である。酒を飲まされて気を許し、昔話のように右馬介に聞かせたのだ」

「あっぱれなり、右馬介！」

直近が膝を打った。

「さあ、その話聞かせてくれ」

はっとかしこまった右馬介は、緊張で顔を紅潮させた。

「八月二十七日、一条兼定殿のお使者が岡豊城に遣わされました。本山にとられた蓮池城、長年憂慮していたが、この度、奪い返すことにした。もちろん、長宗我部から援軍をだす必要はない、というものでございました。元親さまはその場で即答し、了解いたしました。自分はその地域に手を出すつもりはまったくありません。すぐに、本山からお取りかえしください。もし兵が足らないようなら加勢いたします、と申されたのです。

それで一条殿は安心し、中村から海に出て与津（興津）、洲崎（須崎）と港を伝って兵を増やし、宇佐（土佐市）より上陸したときには三千騎に膨れて攻めあがり、一気に蓮池を攻めおとしたのでござる」

「元親さまは、そのように即答されたのか」

直政の問いに、光綱がうなずく。

「そこが元親さまの鋭利なところだ。即答で、みごとに曇りのない忠誠を表してみせ、池氏など配下の水軍にも手出しをさせなかった。これで当面長宗我部と一条殿は妥協ということになった。本山の勢力を一条殿が背後から削いでくれれば、長宗我部にとってこれほどありがたいことはない。来年からの本山との総力戦もやりやすくなったことだろう」

「ならば我らは」

「密約の直後である。元親さまは、当面はこの地を脅かすまい。本山を屠ったあとは東に向いて安芸の国虎。それが片づいた後で一条殿と刃を交わす腹積もりであろう。一条殿とほかの土豪たちの動きには重々気をつけなくてはなるまい」

皆うなずく。

「直近は名の川（片岡領の北端）、直政は松尾の城（片岡領の西端）の守りを固め、そこらに潜伏する津野や大平の残党を監視し、使えそうなものは取りたてよ。うろつかせても、民に害を与えるだけである」

「御意」

ややしく直近が頭をさげる。

「まさか、長宗我部から軍兵の要請などありはせんでしょうな」

直政が唇を曲げている。いざとなったら尻込みする弱い性格がこんなところにも出ている。

「むろん、そのときは二心(ふたごころ)なくそれに応じる」

光綱は断じた。

「ここを守る。そのために長宗我部についたのだ。今までの話で分からぬか」

「も、申しわけござらん」

慌てて直政は頭を畳に押しつけた。

「皆から、ほかに何かないか」

見回すと、直季が頭をさげている。

「わたくしから、兄上さま、旁(かたがた)に報告がございます」

「申してみよ」

「はい。二日前、長宗我部元親さまからお使者がございました。わたくしの誕生の祝いをしようと考えている。今年中に良い日を選ぶので岡豊まで来るようにとのことでございます」

「お前の誕生の祝い？」

直政が驚きの声をあげた。

「お前が生まれたのは、たしか卯月（四月）であろう。どういうおつもりだ」

「直季、それでどう答えた」

光綱の問いに直季は、はい、と返答する。

「ありがたき幸せ、是非ともお伺いいたしますと申しました」

「それでよし」

領主は大きくうなずいた。

「即答したのだな。ようできた。元親さまはお前に会っていろいろ聞きだしたいのかもしれんし、ただ従兄弟（いとこ）のお前に会いたいだけなのかもしれん。だが、我らはあくまでも、そのままお受けする。気をつけてゆくがいい」

「御意」

隣で直季の兄の直春がひそかに口を固く結んだ。元親には直春まで呼ぶというような思慮は無論ない。というより、戦力外の直春のことなど覚えてないであろう。

直春の気持ちに気づかぬ光綱ではない。

「直春、お前にはお前の仕事があるぞ。皆もよいな。一つとなって、いまを乗り越えるのだ」

一同はあらためて、領主に平伏した。


このあと丸二日、直季は柚の木野城に籠ることになった。元親に呼ばれると聞いて慌てた西長門守兄弟が、直季が何を聞かれてもいいように教えこもうとしたのである。

「えらいことじゃ。ろくに教えておらん」

よほど元親が怖いらしく、二人とも怯えてしまっている。

直季もしかたなく付きあっていたが、三日目の朝ついに言った。

「お二人に申しあげますが、元親さまは私の勉学の出来などなんとも思っておられないのではないでしょうか」

「そうかもしれん。ですが、万一ということがあります。何か聞かれて、何もご存知なかったら……我らは、大変なことになる」

「何も知らないほうがいいのでは」

「なんと……なぜです」

「私の出来が良くて、元親さまに何の得があるか。さっき考えていました」

「いや……やはり、長宗我部に繋がる人間として、上に立つものとして」

「では」

直季が声をあげた。

「『文選』。死を軽んじ気（義）を重んず」

「おお、覚えておられるではないか」

「武の七徳。暴を禁じ、兵を収め、大を保ち、功を定め、民を安んじ、衆を和し、財を豊かにする。『春秋左史伝』」

「うむうむ」

「乱を撥ってのちに全き治をなすことこそ武の徳なり」

「……どこの出典ですかな」

直季は続ける。

「『礼記』。人皆九年の蓄へのあるがごとし。我らは特に民の備蓄には心してやらねばならない」

兄弟は顔を見合わせた。

「それは……今の元親さまに、なんとなく合いませんな」

「お二人が教えられたことで一番心に残ったことです」

どこに書いてあったのかと教本をめくり始める。

「いや、私が勝手に読んだところかもしれません」

頭をかいた。

「お二人は十分やっておられます。悪いのは私の頭。元親さまに尋ねられたらそう申します」

立ちあがる。

「今日は初冬を楽しませてもらえませんか。見落とすにはもったいない」

返答する前に消えていた。

「わしは、どうなっても知らんぞ」

兄の西長門守が額の汗を指で拭く。

「正直、お役目交代で岡豊には帰りたくない」

「いや、兄上。心配なさるな」

西兵衛尉は広縁に出て外を眺めた。

「なるほど、良い天気。家の中より外で教わることが多いじゃろうな」

振り返った。

「直季さまは大丈夫。結構うまくやられるのではなかろうか」

「そう思うか」

「あのお方は頭がいい。我ら二人かかってもどうなるものではない。今日はっきりわかった」

しばらくして兄もつぶやいた。

「元親さまはそれが怖いのかもしれんな」


上八川川の船着き場には川船がついている。

「シゲ、待ったか」

日に焼けた男が起きあがった。

「いやいや、今日あたり、抜けだして来られんかと思うとったが、みごと当たりましたな」

直季は小船に飛び乗った。

「さあ、どこへ行くかな。何を捕ろう」

シゲはもやいを解く。

「ナマズでもいきますかな。川底にもぐらんとまだうろうろしとる。あちこちに孟宗竹をしかけておりますき」

「そうか……だが、それではつまらん。罠にかかったナマズなど誰でも捕まえられる」

へえ、とシゲはうれしそうにうなずいた。

「それなら素捕りじゃ。水はちと冷いが」

「それがいい。今日は陽もよく射している」

「よっしゃあ」

さっそく漕ぎだした。

「本流より支流にようけおりますき。宮野川か、坂折川か」

直季は少し考える。

「柳瀬川に行こう」

「なんとな。シゲはそこから来たとこですがよ」

「あそこのナマズが一番大きい」

「船で行くには時間がかかりますで」

「なら、片岡から山を越えるまで」

シゲの棹さばきに力が入った。

「右馬介の家に最近娘がきたらしい」

「そうながですか」

「何か知っているか」

首を振る。

「いま初めて聞いたことで」

「丹波から来たそうだ。この地に馴染んだろうか」

「それをご覧に行かれるんで」

「そうではない！」

流れに向いた。

「ナマズを捕りにゆくのだ」

一時(いっとき)もたたぬうちに、二人は柳瀬川の土手についていた。山の途中から寺野川が始まっているので、それを伝えばここまでつく。

「人目につかぬうち川上に参りましょうで。この辺りはにぎやかで、魚はみな奥に逃げとりますが」

三日前、ゆきが隠れていたカヤの大株を直季は目で探した。

――ああ、あそこだ。あそこにいた。日を背に受けていたから俺にはよくみえた。武士の乗る船が来ると知って、一緒にいるものが隠したのだ。

目に浮かぶ。

――細い体を丸めてじっとしていた。それでいつも思うことをまた思いだした。俺はそんなにえらいか。

「直季様、早う。誰かにみられますで」

急かされて土手をおり、立ち枯れのススキの茂みに入った。

「下を走りましょうで。幸い水切れじゃあ。そこらに瀬ができとる」

背後から人の近づく気配がする。

柳の幹と茂みで目隠しになるところをみつけ、二人はそこに入って気配を消した。

ゆきが来た。

ひとりだった。茶園堂からだろう、木桶を持っている。薄黄の小袖に小袴をつけて、上から袖なしの太布を羽織っていた。耳のそばには白い山茶花が飾られていたが、土手をおりるやそれをはずした。屈んで水面にうつる自分をみる。またゆっくりつけ始める。そしてまたはずした。

「何をしよるんじゃろうか」

――多分、母上があの人に用意していて、無理やりつけたのだ。

息を止めたまま直季はゆきのすることをみつめ続けた。

――恥ずかしくて、でも我慢してつけたまま、ここまできた。急いでとってはみたものの、やはりもう一度つけたくなったのだ……なんと愛らしい。

水を掬って顔を洗いはじめた。何度も水をあてている。最後に、ぴしゃ、ぴしゃと頬を叩いて立ちあがる。決心したように山茶花をまた耳元に差し、木桶に水を汲んで、ゆきは立ち去っていった。

「やれやれじゃ。さあ、行きましょうで」

シゲのあとを追いながら直季は感じていた。

柳瀬川での今日の用は、いま終わってしまったのではないだろうか、と。

三

初冬になっても岡豊（高知県南国市）は暖かい。

数里東を流れる物部川の冷気が風に乗ってくることもあるが、それでも山岳地とは全くちがう。扇面が右肩上がりになったような土佐の地形の南東にあって、高い山は北に退き、南には太平洋がどこまでも広がっている。

その日長宗我部宮内少輔元親は、岡豊城の二ノ段にある物見に立っていた。

東の遠望がここからは特にきく。

近くには土佐の国分寺が鎮座している。柿葺が美しい金堂は三年前に長宗我部が再建したもので、いまも日にまぶしく照り映え、長宗我部と合わせて周囲の民の信仰を集めている。稲の刈り取られた田は豊かに広く、あいだを縫って国分川がゆうゆうと流れるが、目を少し遠くすれば、こんもりした小さな丘越しに香宗我部や山田の元の領地も見渡せる。いまは長宗我部の手にある。

そのはるか遠くに安芸（現・高知県安芸市）があった。

そこには安芸国虎がいて、大きな城下を養い、いまだに猛威を奮っている。

——国虎よ、かつてお前は、たかが三千貫と、長宗我部を馬鹿にしたらしいな。

長宗我部元親は腕組みしてから、ふん、と鼻をならした。

「しばらくは元気でいるがいい。目を凝らしてみてみよ。岡豊にはわしがおるぞ」

腕を解くと、にわかに駆けだした。

常着の下は袴もつけず、裸の足には履きなれた草履。まだ二十二歳である。

詰の段では物見小屋と天守の二棟を普請中である。物見小屋は小さいが、天守のほうは望楼をめぐらした三層建で規模も大きい。空き地には杉やヒノキの丸太が三角に積まれていた。

皮を剥がれ長さを揃えられて、土佐では知らぬもののない長宗我部元親に用いられるのを待っている。大鋸（二人でひく縦引きの大きなのこぎり）が持ちこまれ、近隣から徴収された人夫たちも、ここで雇われることを喜んで、荒縄を頭に巻き、手斧やちょうな（木材を平らにする道具）を構えて、嬉々として動いている。

元親にはそうみえた。

もうじきここに、より高くより堅牢な、長宗我部の新たな象徴が現れる。

「ご苦労である」

元親と知って、額の縄を解き、皆ひれ伏せんばかりに頭をさげる。

気をよくして、さらに詰下段、回りこんで三、四の段と巡って小道をくだりきる。そのあいだに横堀もあれば尾根を絶つ堀切もあり、下に向かっては竪堀が山肌にうねうねといくつも抜かれている。笹に覆われた暗い穴からは無数の鹿垣がするどい牙を剥いている。岡豊城は巨大な山城であった。

「もっと竪堀を造れ。これくらいで足るか」

怒鳴り声を聞いた家臣の二人が駆け寄ってきて、御意と揃って頭をさげる。

家臣は家臣で、新しい当主になっても長宗我部は上から下まで一枚岩、鉄壁の構えなりと、みるもの聞くものにわからせているのである。

城の下までくだりきると、今度は西に盛りあがった丘に向かって一気に駆けあがる。ここは岡豊城の一番近い出城（伝厩跡　曲輪）であり、南や西が眼下に見渡せる。

ひとりその頂上に立った。

足元に広がる土地はもとから長宗我部の領地、周りに広がるほとんどがいまや手の内にある。

だが、山に隠れた四里ほど西の朝倉城には、いまだに本山茂辰がいた。

「……だが、梅慶、お前はとうに死んでおる」

肩で息をしながら、元親は歯をみせて笑った。

いま戦っている相手は本山梅慶の嫡子、茂辰。彼も英明といわれるが、土佐一とその名が轟いた梅慶は六年前に死んだ。生きているあいだは父の国親も手が出せなかった。一条氏のはからいで、自分の娘を茂辰に嫁がせ、さしあたっての折りあいをつけたぐらいである。

梅慶の死後、長宗我部の本山打倒が始まった。長浜城を落とし、浦戸城を手に入れたいまでは、長宗我部が優勢に立ちつつある。

――もはや、お前の霊気などどこにもないわ。

西の山を嘲笑った。

「いまを生きていてこそじゃ。戦国の本番は始まったばかり。梅慶、生きるのが早すぎたな」

その意味では元親の父、国親もそうである。

長宗我部が土佐の守護、細川氏に代々厚く遇され、吸江寺の寺奉行を務めて栄えた時代はもう大昔の話、細川氏の衰えとともに本山らに岡豊城を襲われ、子供だった長宗我部国親が中村の一条氏のもとに逃れたなどというのも五十年も前のことである。

土佐中が沸きかえり、夜を朝に継いで争ういまという時期に若く生まれついておらねば、できることなど何ひとつない、と元親は思う。

「元親、お前はもう姫若子と呼ばれたものではない。長宗我部の歴史で最強の当主である」

父の国親はそう言って死んだ。

「本山はお前の手で滅び、長宗我部はお前で栄えるであろう」

言葉は全身を駆け巡った。頭で何度も唱え、心念の一番深いところに居据わるまで繰り返した。いまでは「土佐の出来人」と呼ばれることに何の抵抗もない。元親自身、そのとおりだと思っている。そして今日は今日で、来年からの朝倉城攻めが待ち遠しくて仕方ないのである。

「本山茂辰、お前は姉上を大事にしたのか。嘘を言え。何人も妾を持ったに違いない。この罪は重い。わしが朝倉城ごと、妾もお前も丸焼きにしてくれる」

誰かが後ろにいるのに気づかない。気がすむまで呪いの言葉を吐いたあとで振り返れば、だいぶ離れて一人の若者が控えているのがみえた。

「誰だ！」

ぎょっとして怒鳴ると、その人影は神妙に平伏する。

——この距離だ、聞こえてはおらんな。

「面をあげろ」

持ちあげた顔をみる。

「おお……直季か」

「宮内少輔さま」

片岡直季は、侍烏帽子を被り、裃を着けた正装姿で再び低頭した。元親は駆けだそうとしたが、自分から走り寄ることはないと気づいた。立ちどまって肩をそびやかした。

「ここに来い」

慇懃に近づいて直季は再び平伏した。

「宮内少輔さま、お久しぶりでございます」

顎を持ちあげ威を示してから、元親はうなずいた。それから、上から眺めまわす。

――こいつ、大きくなった。

「直季、立ってみよ」

――油断がならん。知らぬ間に成長し、騙し討ちのように現れおった。

「ずいぶんと伸びたな」

誰よりも背が高く、また際立って眉目秀麗であることが元親のはかりしれない自尊心を支えている。

「宮内少輔さまよりだいぶ低うございます」

「そうか、そうだな……先般の上八川攻略戦ではようやった。さすがに長宗我部の血じゃ」

「ありがたきお言葉」

再び足元にひざまずいた。こうしてみると、透きとおるように白い額や、筋のとおった鼻がますます目を引く。

――まさに長宗我部の血。叔母上そっくりじゃ。

「叔母上はお元気か」

「はい、息災にしております」

「今日は、叔母上にも来ていただきたかったのだ。だが、なにやら寺の行事があるからと断られてしもうた。さぞ、熱心に勤めをされているのであろうな」

嫌味とも聞こえる言葉だったが、直季はそのまま受けとめた。

「ありがとうございます。母は毎日勤めに励んでおります。父と、兄上であらせられました国親公を同じ年に亡くし、その嘆きぶりは、傍(はた)でみていても辛うございます。現世と離れて暮らしたいといつも申しております」

「そうか……まあ、そうであろう」

話題を変えた。

「今日は下の屋敷に宴を設けておるが、ほかのものも同席する。その前にお前がここに来てよかった。話があったのだ」

そう言って直季にかがみこんだ。同時に、直季を見すえる顔が、膨らみ始めた長宗我部氏の、若き当主のそれに変わった。

姫と呼ばれたほど顎が細く、鼻筋も眉も女のように繊細だが、少し吊りあがった目がにわかに光り始める。そこへ紅を引いたように赤い唇がうっすら開けばまるで物の怪のようで、変化のすさまじさに凍りつき、恐怖で動けなくなってしまうものもいる。

昼から氷のように冷えた声が流れでた。

「先ほども言うたように、お前は上八川戦では大将となった。だが戦の前にお前の父の片岡茂光が和田の家臣を残らず寝返らせていたのだ。それが勝因、お前の力などではない」

「仰せのとおりにございます」

「お前の父は賢いのう。自分の目の黒いうちに、自分の子供では末のお前を要の城の城主にしたわ。長男の光綱は大甘、弟の直近や直政らをうまく捌けはせんだろうからな。まあ、茂光の、長宗我部への二心無きを、この宮内少輔、まずは褒めてやる」

平服して、元親の言葉を受けとった。

さらに目を光らせると、直季に覗きこみ、抑揚のない声音でこう断じた。

「お前はもう戦に出るな」

「と仰せられますと」

――「土佐の出来人」はわしだからだ。

心でそう言い、口に出してはこう言った。

「お前は生きておらねばならんからだ」

今度はささやくような声音に変わる。

「いずれ土佐はわしのものになる。片岡は加領してすべてお前のものとする。お前の姓が片岡でもかまいはせん。だが、長宗我部の血を引くお前のものにせねばならん。誰にも言うな」

直季は黙って頭をさげた。

「お前の仕事は家にいて子を多くつくることだ。早く妻を娶れ。お前の城にいれた西兵衛が、上八川に居る山内丹後守をえらく買っておったな。あの一族のものがよかろう。西兵衛に任せておく」

「はい」

元親は満足げにうなずきながら、すうっと目を細めた。

「西長門守と西兵衛尉はお前が可愛くて仕方ないとみえるな。岡豊に戻るかと聞くと、お前の傍にもう少しいたいと、そろって頼んだわ」

「実は、わたくしの頭が悪いので学問の進歩が遅く、それを気に病んでおられるのです」

「お前は山や川でばかり遊んでおるそうだな。西長門守に問うと、他愛もない百姓と走り回るばかりで、まだ子供のようなもの、他意など決してございませんと言いおった」

目に火を入れる。

「なんの真似じゃ」

「それはまことに申しわけないことをいたしました。わたくしは、仁淀の川や山がまことに好きなのでございます」

すさまじい圧力を感じないのであろうか、動じた様子もなく直季は語りだした。

「お天道さまが出ると、川で泳ぎたくて、山を歩きたくて、いてもたってもいられなくなります。同じ樫でも新芽が出てぷっくりふくらむ時が生えているところで違います。同じツガニでも住んでいる川で、海におり始める時が違います。それが不思議なことに夏のさかりには同じようにこえ太り、秋の終わりには同じように姿を消すのです。そんな山や川の季の移り変わりをみるのが楽しくてたまらないのです」

　元親はしばらく黙った。

「そんなことが好きなのか」

「はい、何より」

目を輝かせる。

「それに、川で泳いでおりますと、仏様に抱かれておるような、懐かしい心地がいたします。山を歩いておりますと、木の陰から父上が見守ってくれているような、ありがたい気持ちになります」

そういってにっこりと微笑む。元親は拍子抜けしてしまった。

「目が覚めて障子が明るければ、うれしくて飛び跳ねてしまいます」

「ふん……」

力を入れて話したことが馬鹿らしくなる。

「山猿めが」

「宮内少輔さまも、一度ぜひおいでなされませ。仁淀川をご案内申しあげます」

「どうでもよい。お前のように暇ではない」

立ちあがって、首をぐるりと回した。

――西長門守らがこいつに入れこんでいると思ったのは勘違いか。心配することもなかった。

直季は足元に両手をつく。

「……ですが、わたくしも上八川城主にございますれば、家臣のものたちに心配をかけぬよう、これからは学問に励むことにいたします」

「まあ……適当でよい」

さげた頭を持ちあげた直季を何気なくみて、その表情にたじろいだ。

曇りがない。

話が終わった後で、こんな顔つきができるものはざらにいない。

——こいつ……わしが怖くないのか。

そんなことがあってはならんと、しばらくは目に力を込めて睨みつけた。だがそのうち、わけがわからなくなってきた。

——いや……そうではない、どうやらこいつは馬鹿だ。人の心がまるきり読めん。ただの田舎者か、まったくの子供ということだ。

片岡の内情も聞きだすつもりだったが、やめてしまった。

いつのまにか力が抜けている。

——わしともあろうものが、何を心配していたのだ。とうに長宗我部に降りた片岡などどうでもいいではないか。

「では、屋敷に行くか」

元親は首を曲げながら両の肩をこぶしでとんとん叩いた。

「みなが待っておろう。誰か馬をもて」

声をあげると、直季の前を歩き始めた。

四

「えらく冷（ひや）いぞ。むりは禁物じゃ」

今朝右馬介夫婦は、ゆきがでかけるのを案じた。

「今日は小屋で一日籠を編むと彦次が言うておった。竹を編ませたらこの辺では一番早い。みていておもしろいぞ」

みつは右馬介の隣で、炉の炭を直している。

「麦植えもすんだし、ここいらのものは山畑か、家で冬支度をしているから、それほど出歩いていませんよ」

茶園堂までは歩いても四半時（しはんとき）かからない。心配が過ぎるのである。ゆきは小袖を二枚着た上に綿入れを重ねて、二人の前でゆっくりと回ってみせた。

「これほど着れば大丈夫。黒岩新町で商った人が帰りにけっこう立ち寄るのです」

「炭売りは放っておくんですよ。どこで手に入れたのか、竹筒に酒を入れているに決まってるんだから。お茶をやることなんかないの」

以前炭を売っていたものが、茶屋で一杯ひっかけた後だったのか、少し酒臭かったので、みつは炭売りだけに妙な偏見をもっている。

「そんな人はいませんから。のぞいてみて、少し手伝ったら帰ります」

みつは奥の間から何やら細長い布を持ってきた。

「これを首に巻いてちょうだい。中にたくさん綿を入れたから」

右馬介も立ちあがって、奥の間の右隣りの、土間から続いている板の間の棚に置かれた木桶を取りに行く。

「彦次と作ってみたんだが」

新しい杉板の香りがする。

「まあ、お父さん。お母さんもありがとう」

綿入れを首に巻き、土間に腰かけて草履をつけると、右馬介から桶を受けとった。

「わしらが用意しているからといって、むりに行かんでええんじゃぞ。どうしても行くというなら、まあ持っていくがいい」

あくまで言うとおりにしてやりたい右馬介の優しさに、にっこり笑ってかえした。

「それでは、お父さん。お母さん。行ってきます」

出かけたあとで、みつはほうっと息をもらした。

「ひと月が立ちましたなあ」

「ゆきが来てからか？　それともわしが帰ってからか？」

冗談を言ってから、右馬介も息をついた。

「そうか、もうひと月か……早いのお」

「夢のようだった……それにしても、ゆきのまあ変わったこと」

感じ入って右馬介は、首をゆっくり横に振った。

「ふっくらして、元気になった」

「顔につやが出て、色がずいぶん白くなりました」

「色が……そうか」

「あれ、気がつかないとは。右馬介殿はどこをみているのやら」

二つの湯飲みに湯を注いだ。

「……けれど、あの優しい性格は来た時からのものでした。丹波のお母さんはちゃんとお育てになった」

右馬介も熱い茶を口に含んだ。

「ほんまにのお……」

湯飲みを手にしたまましばらく考える。

「……ゆきには、たくさんの幸せをやらねばなりません、とおまえは言うとったな」

思い出して、みつの頬が赤らんだ。

「幸せをもらったのはこちらでしたなあ」

山々にはまだ出遅れた紅葉が冬枯れにいくばくかの色を与えている。だが、山里はしんと凍える季の中を歩んでいた。寺野川の土手の下で風をよけて歩きながら、それでも時折山からおりてくる冷気にゆきは身体をちぢめた。

茶園堂を訪ねる人は多くはないが、ひとりふたりと戸を開けてくる。外を歩いたあとの熱い茶がうれしくないわけがなく、やはりこの地に茶園堂はいるのである。今日は柴尾村からふたり手伝いに来ていたが、かわりに近所の者がいなかった。それで今日の水汲みをゆきが引きうけた。

「二回ばあ、行ってくれりゃあすむがやき」

素朴な土地の言葉に送りだされて、柳瀬川までやってきた。

昼前ぐらいだろうか、低い冬の日は対岸の山の少し上あたりから川面を照らしていた。幹だけになった柳は風に吹かれるものもなく、流れに沿って右から左へ茫洋と並んでいる。だが、ゆるくとも差す陽に応え、柳瀬川は青々と流れていた。

首巻をはずして石の上に置いてから、ゆきは河原でかがんだ。

「冷たい！」

触れただけで凍えるほどである。

――でも、生ぬるい水より冷たい水。柳瀬川は大仁淀が引きとる清流。理春尼様がそう言われた。

ちぢまるのをこらえて手のひらを水に泳がせ、一番澄んでいそうなひとひらを掬いとる。頬にあてれば肌がぴくぴくする。だが、繰り返すうちに温まっていくるから不思議である。

思いのたけ水をあてると、軽く頬を叩きながら立ちあがった。

「さあ、早く帰らなきゃ」

早い流れにさっと水桶を差しいれた。

とたんに大量の水が入りこんだ。不意の重さに身体がぐらつく。

「あ……」

とっさに放した。人の手を離れた水桶は、くるりと水中で回ったあと、ゆっくり川底に沈んでいった。澄んだ川のこと、底までみえるが、落ちこんだ場所はゆきの背丈の倍よりも深い。

ゆきは真っ青になった。

「……どうしよう」

右馬介が持たせてくれたその日である。

どこかに長い棒が落ちていないかと、あわててあたりを見回した。

そのときである。

対岸から人影が飛びだし、続いてざぶんという音がした。

誰かが飛びこんだ。

音の主は水の中に潜ってこちらに近づき、川底の桶をつかむと水面に顔を出した。

「あ……」

その場に座りこんだ。

「こ、これを落としただろう」

直季である。

ずぶぬれのまま、川からあがってくる。そして、桶に改めて水を汲んで、ゆきにぐっと差しだした。

「さあ」

さらに差しだす。受けとれというのだろう。

どうしていいのかわからない。ゆきは河原に正座し、額を石につけた。

「も……申しわけありません。か、上八川さま」

慌てて桶を下に置いて、ゆきの腕をつかんで立ちあがらせる。

「何をなさる、こんなところで」

ゆきが身体をすくめたので、直季はびくっと手を引っこめた。

「す、すまん」

「いえ、上八川さま……上八川さまこそ、大丈夫ですか」

着物のあちこちから水が滴っているのに気づいた直季は、慌てて絞りだした。

「ああ、私は、こんなことは平気です」

「だって、こんなに冷たい川に飛びこんで」

「いや、毎日、飛びこんでいる。毎日、毎日です。だから全く平気です。今日もナマズを取りにきていたので」

長い睫(まつげ)についた水滴が、目をしばたかせるのと同時に頬を流れ落ち、細い顎から一筋となって滴っている。

いくら水気を絞っても、冷気が体中から立ちあがっていた。

ゆきは首巻きを思いだした。石の上から拾ってくる。

「これをお使いください」

「い、いや、心配には及ばない」

「お願いします。お使いください。母が作ってくれました」

「それなら、なおのこと」

首を横にふる。

「私を助けてくださったせめてものお礼です。母もわかってくれます」

頭をさげたまま差しだして動かない。

直季は受けとった。

「暖かいな……」

はにかむように笑ってからもう一度頭をさげ、ゆきは桶を持って走り去っていった。


シゲが熾(おこ)してくれた焚火に身体をあて、衣類を乾かせながら直季はおし黙ったままである。

長宗我部元親の前でも動じなかった。

なのに、あの人の前で自分はなんとおどおどしていたことだろう。変なしゃべり方だった。敬語にしていいのやら、普通に話していいのやら、頭が混乱しておかしな物言いをした。何を言ったかすらよく思いだせない。そのうえにこりともしなかった。顔がこわばって笑えなかったのだ。

——どうしたんだ、俺は。

会えればいいのにと、また柳瀬川に来たのではなかったか。もし話すようなことにでもなれば、少し微笑んでみようと思っていたのではなかったか。

だが、実際にその機会ができたのに、しかも自分は飛びこんで助けてやりさえしたというのに、そこから先はすっかりあがってしまった。

あの人の方がしっかりしていた。ああ、なんと優しく笑いかけてくれたことか。

頭をぽかりと叩いた。

——俺は馬鹿だ。

「乾いたようでございますなあ」

言われるまで身体が燃えるように熱くなっているのに気づかなかった。ぎょっとして火から飛びのいたくせに、何でもない風を装った。

「よし」

立派そうな声をあげる。これ以上格好の悪い自分はたくさんだった。

「では、山をつたって上八川に帰る」

ゆきが貸してくれた首巻をつかむ。

「へえ、もうお帰りで」

焚火の始末を始めた。

「ナマズはだめでしたな」

——ナマズなどどうでもいい。

「では一緒に山を越えるとしますかな」

「お前は家に帰ればよい」

「ならねえ」

シゲが言い張った。

「直季さまの傍にシゲはいつもおらにゃあなりませんで。シゲは、野の草、山の木のように、人にはわかりませんですき」

二人は黒岩新町の右端の土手を屈んで走り抜け、あっというまに山の切岸に取りついた。

後ろをのぼりながら首巻を巻いてみる。

気配に気づいたのか、独り言のようにシゲが言う。

「良いことをされましたなあ。あの娘は喜んでおりました」

また平静を装う。

「明日、右馬介の家に届けてはもらえぬか。なに、土間にでも置いておけばよかろう」

「へえ」

しばらく黙って山をのぼっていたが、胸がもやもやしてどうにも耐えられない。

「シゲ……あの人のことだが」

ついに切りだした。

「へえ」

「どう思う？」

「どう思うて……どういうことで？」

熊笹をかき分けながらシゲはのぼり続ける。

「どういう……どういう人だろうか？」

「さあ」

一度言いだしたら止まらなくなっていた。

「あの人は、普通の人とどこかちがう。お前にはわかるだろう」

進むのをやめないので、声を大きくした。

「シゲ。お前は、一番最初に、あの人に会っただろう」

立ちどまった。少し間をおいてから、直季のほうを向いた。

「川船で新居ヶ浜から運んできたのはお前だろう。半日も、傍でみておったろう」

口を閉ざしている。

「いや、お前の務めは誰にも言わん。そのかわりにどうか教えてくれ。お前はあの人をどう思った？」

しばらくして、ふうっと息をつくや、直季の傍までおりてきて、険しい山肌の、木の根が作った自然の腰かけに座った。

「藤田さまでも気づかれませんでしたのに……直季さまには、おわかりか」

「誰にでもわかる。毎日川遊びにつきそう百姓などがいるものか」

うつむいたまま返事をしないので、直季は傍に並んで座った。

「怒ったか……弱ったな」

「怒るわけなどござらん」

立ちあがると、直季の足元に平伏した。

「気づいていただけるのを、心の中ではずっと待ちわびておりました」

そういって目を拭った。

「そうか……それなら、もっと早く言えばよかった。最初に、お前が船に乗せてくれた時から気づいていた」

シゲはびっくりしたが、曇りのない目をみるや噴きだした。

「さすがに仁淀川のお子でござる。人間の浅知恵など遠く及びませせぬな」

姿勢を正す。

「茂光公の茂をとって、岡本茂兵衛という名前を頂戴しております。生を得てすぐ、直季さまを守れとの命を受けました。以来それを務めとして生きております。ただいま打ち明けましたが、これからも今までどおり、農夫のシゲでございます」

直季はうなずいた。

「あの方のことですが、間違いなく身分ある生まれと、船を漕ぎながら感じておりました」

「やはり……」

自然と胸が高なった。

「俺もそう思ったのだ。茶園堂でみた瞬間、そう感じた。あの人からなにか凛とした気高さが溢れていた。今日もそう感じた」

「どういう理由で、山奥で育てられたかはわかりません……おそらくはこの戦乱の世、高貴な家が焼かれ、乳母か侍女が赤子を連れてこっそり逃げたのを、山に住む者が助けたのでございましょう」

同意の印にうなずく。

「これを感じておるのは、ほかには、おそらく理春尼さまだけかと……」

二人は目を合わせる。

「我らの秘密だ」

「御意」

「さあ、急いで帰ろう。西長門守がいらいらして待っておる。今日は笠懸けだそうだ」

立ちあがると、シゲもいつものように農夫らしく、少し腰を屈めて立ちあがった。

進みながら直季は、また首巻に触れた。

——あの人がつけていた。

土佐に春

一

年は明けて、永禄五（一五六二）年になった。

長宗我部元親の朝倉城攻めは田植えが終わり次第と思われていたが、そう早くは始まらなかった。なんといっても本山氏は、先代・本山梅慶までは土佐最強と謳(うた)われ、従う名主や豪族はいまだに多く居る。これらをみな長宗我部側につかせんと、しらみつぶしに当たっていたので、自然と時間がかかっているのである。

本山氏の支城・潮江城(うしおえじょう)を焼き、与(くみ)していた国沢城(くにさわじょう)や大高坂城(おおたかさかじょう)（現在の高知城の場所）などを味方にしたあと、朝倉城下の田畑を焼いてゆさぶりをかけたり、北東の支城だった神田城(こうだじょう)、石立城(いしたてじょう)を手に入れたりと、様々な策を弄(ろう)しながら元親は、辛抱強く本山氏の孤立化をはかっていた。

ついに互角の兵力を有するようになり、長浜(ながはま)・浦戸(うらど)戦(せん)で大勝利をおさめた長宗我部ではある。だが山城を攻めおとすとなると、守る側の三倍の兵力が必要といわれ、うかうかと手は出せない。そのうえ朝倉城は、数百はあろうという土佐の山城の中で最も大きく、最も優れた守りを誇っていると言われている。

事実上、土佐戦国の頂上決戦といえる戦は先に延びていたのである。

光綱をはじめとする片岡勢は、支城の守りを固め間者を放って周囲に常に目を光らせてはいたが、とりあえず片岡の地は穏やかである。

二月四日には祈年祭があちこちの神社で行われた。光綱やその兄弟らは民とともに今年の豊作を祈願した。その後、木鍬で耕された田に水が張られ、藤田右馬介ほか給人全員が参加して田植えを行った。

光綱も手植えをした。緑かぐわしい幼い苗を、少しずつ泥に植えこめば、この小さきものが黄金(こがね)の稲に変わるまで、どうかこの田が、この地が無事でありますようにと祈る気持ちが沸いてくる。天災と戦の両方に脅かされ続ける民の艱難辛苦に、右馬介ら給人もしばし思いを寄せるのである。

上巳(じょうし)の日(三月三日)、ゆきは右馬介夫婦に成人の祝をしてもらった。

仁淀川のほとりに来て半年、噂になるほど見変わっている。

愛らしい顔だちが透きとおるほど白い肌に映え、道を歩けば周囲は輝くばかりだ。黒岩新町に集う人々も、田畑で働く民も、みかけるたびに目を見開く。冬枯れだった山が若い芽で薄黄色に太り、さらに青く燃え出すのをみるときの感動で美しさを噂しあった。

「ほら、あれが藤田のゆきさまじゃ」

「なんとまあ、きれいなことよのお」

「最初は気づかなんだ」

「まっこと、お城の姫御のようじゃ」

右馬介も喜び、内心誇りながら、こうなったらなったで新たな心配が沸き起こっていた。

「まさか、このようなことがあろうとは。あれほど美しくなるとはのう」

いつものようにかよと連れだってゆきが茶園堂に出かけたあと、藤田右馬介は囲炉裏端に座ってあぐらをかいた。若葉もまぶしいこの時期に暖をとらねばならぬこともないが、火種を絶やさずにおけばいつでも芋粥が作れるし熱い茶も飲める。今も天井から吊るされた自在鉤にすすけた鉄瓶が引っ掛けられていて、ゆるい湯気を立てていた。

みつが湯呑を二つ、盆に載せて土間からあがってくる。

「ほんとうに。わたくしもうれしゅうてなりませぬ。連れて歩けば皆が皆、目を見開いて振り返ります」

右馬介の隣に座ると、茶筒から茶葉をじかにつかんで湯呑に入れた。

「だがわしは、最近心配になっておる」

「何がでございます」

鉄瓶を自在鉤からはずして湯を注ぎながら、みつが尋ねた。

「かどわかしに遇いはすまいか」

「縁起でもない。決して黒岩新町には行かせません」

湯呑をうけとりながら、右馬介はうなずいた。

「どこかの誰かと恋などしはすまいか」

「あれまあ、右馬介殿。それはしかたありますまい」

平然と言って、自分も湯呑を手にした。

「女と生まれたからには美しく、また麗しい男から美しいものと思われたい。まして、自分が好いた男に好かれる。これはもう、滅多にない幸運でございます」

ひと口つけると膝に置き、胸を膨らませた。

「残念ながらわたくしには、その運はございませんでしたなあ」

「ば、馬鹿を言うな」

亭主は慌てた。

「まだ十五になったばかり、美しいからといって大人になったわけではない。分別もできておらんのに、おかしな男を好いて、手でも出されたらどうする」

「出されるわけがございませんでしょう。いつも私と彦次とかよがしっかり見張っております。毎日、日が高くなってから外に出て、日の高いうちに戻っております。わたくしが申しておるのは、心の恋、胸のうちのあこがれのようなものでございます」

「それなら、まあよいが」

心配はそこではなかった。

これならじきに縁談が舞いこみ始めるだろう。むろん、あたりの長者だとか給人仲間からなら、無理に嫁がせることなどない。親である右馬介が理屈をつけて断ればそれですむ。

だが、断れない相手だったらどうする？

例えば、

「……長宗我部元親」

夫を眺めた。

「……元親さまが、どうしたのです」

「いや……ふと思ったのだ。あの鬼神のような方にゆきのことが知られはしないだろうかと。村のものはゆきの美貌は光綱さまの領地一、いや、土佐一とまで噂している。黒岩新町の町人らも同様で、旅人もこの話を聞いておるぞ。あの方の耳に伝わらないともかぎらん」

みつは口をつぐんだ。

「……岡豊に連れていくと元親さまが一度申されたら、わしはおろか、光綱さまでも断れまい」

「いやでございます！」

突然みつは声をあげた。

「あそこは、身内ですら人質に出すお家」

「それはどこにでもあることじゃ。長宗我部が特別というわけではない」

「なにをおっしゃる。おまえさまこそ、長宗我部のそこを心配しておるのじゃろう」

みつの形相が鬼のように変わった。実際恐ろしく、右馬介はたじろいだ。

「……なんだ、急に」

「右馬介殿、考えてみておくれ。しばらくは元親さまの傍に置かれるじゃろう。だが、元親さまが飽いたらどうなる？　屋敷に捨ておかれるにちがいない。それならまだましで、武功のあった家臣にやってしまうかもしれないし、本山かどこかの人質に使うかもしれない……ああ、みつは、みつは、死んでもお断りじゃわ！」

いよいよ目が吊りあがる。

「ゆきがここに来たとき、心に決めたのです。必ずこの子を幸せにする。それがゆきの母の願い。このみつにそっくり託された。それを主家だからとか、なんの手立てもできない相手だとか……おまえさまは、なんという、なんという腰抜け！　親の言うことですか」

「い、いや、みつ……」

気がつけば右馬介は、手をついて後ずさりの格好である。みつは目元を拭いて深い息を二度吐いた。

それから右馬介の前に正座した。

「こうなったら、わたくしに考えがございます」

「それは……な、なんだ」

「お屋形さまにもらっていただきます」

本当に後ずさった。

「な……なんと」

「今、思いつきました。ですが、これはわれながら名案」

「そ、そのようなこと、まさか……ご主君に」

「お屋形さまには奥さまがおられます。ですが、ご病弱で実家の山本さまに戻られたままでございましょう。あのご器量、あの若さ、伽に参りたい女は山ほどおるというのに、ずっと一人寝を通しておられます。お気の毒なことだと、右馬介殿も常から申しておられましたな」

「め、滅多なことを申すでない」

「誰も聞いておりませぬ」

強気である。右馬介は自分のぶざまな姿勢に気づいて体を起こし威厳をつくったが、みつの気迫に押されたままだ。

「……たとえ、元親さまがお父上の国親公のように、この先どなたかをお屋形さまに側室としてお与えになっても、必ずゆきをかくまい、最後まで大事にしてくださるはずです」

「ううむ……」

腕を組んだ。

「それは、そうだ。名案かもしれぬ」

あの美しさが道具とされて、あちこちに回されるほど不憫なことはない。

「親として育てているからには、ちゃんとした幸せを探ってやらねばならんな」

妾にするつもりはないと、光綱に言い放ったことなどすっかり忘れている。

「お屋形さまは時に茶園堂においでだそうです。ゆきを気に入ってかもしれません。どのような様子なのか、今度こっそり見に参ります」

「……まあ、しかし、そう先走るまい。ここは落ちついて考えよう」

取りみだしていたことに気づいたみつは、急いで居住まいを正した。

「これは、とんだ失礼をいたしました……ですが右馬介殿、のんびりしておられるのは元親さまが本山を討ちおとすまで。この一、二年のうちになんとかしなくては、手遅れになるかもしれませんぞ」

我が妻の思いもかけぬ遠謀に、藤田右馬介はうなずいていた。


そのころゆきは寺野川の土手で山菜を採っていた。茶園堂へ行く途中で、イタドリが太く育っているのをかよがみつけたのである。

この地方はまことに山菜の宝庫である。春の野山に「食えんもんのほうが少ない」そうだ。つくしから始まって、ノビル、ワラビ、ふき、イタドリ、タケノコなどが田畑の畔や竹林、雑木林にも芽を出して、日の当たるところからどんどん育つ。うっかり採るのを逃せば食べごろを過ぎて、採れる場所が北に行ってしまうから目が離せない。

特にイタドリはこの地以外に食べる風習があまりなく、住むもの皆大好きであった。

「ぽきりとええ音を立てて折れたら食べごろじゃで」

ゆきも二つ三つ折ってかよの木桶に入れてやっていたが、あまりに夢中なので、

「かよさん、茶園堂はどうしましょう」

と聞いてみた。

「申しわけねえが、今日はひとりでいってもらえんですか。この分だと藤田の給地の畔にも育っとる。よそのもんがとったら大ごとじゃき、見にいかなならん」

イタドリに関しては了見が狭く、ゆきを見守る務めなどどこかにいっている。

ゆきは自分の桶を持って立ちあがった。

「では、あとから来てくださいね」

かよが腰を屈めているすきに、さっと柳瀬川に向かった。

日の当たる畔道を歩けば、イタドリばかりではなく、白いツメクサや濃紅色のホトケノザ、桃色のレンゲに紫のすみれなど、春の草花が枯草のあいだから顔を出している。命の季節の晴れがましさに足どりも自然と軽くなる。

またあの花を探していた。

――シラン。

何枚もの花びらを少し閉じたように咲いてみせて、川辺を紅紫色にいろどる花である。控えめな表情をみつけるたびに口元がほころぶ。名前の響きに胸が痛んでくる。

今日は柳瀬川の雁木のほとりにひっそり咲いているのをみつけた。少し摘みとって胸元に差した。

柳瀬川の水はすっかりぬるんでいた。川に浸かる草や木の根、魚の熱も含まれているのだろうか。掬(すく)いとる指間から、緑水は音もなく抜けおちて、元の川に戻っていった。

「むすぶ手のしづくに濁る山の井の飽かでも人に別れぬるかな」

(手のひらですくいあげたと思えば、指の間からこぼれ落ちていくしずく。そんなわずかなしずくにさえ濁ってしまうほど、山の水は澄みきっている。いくら飲んでも、決して満足しません。同じよう

に、あなたとはどんなに語り合っても決して満足しないで、また別れてしまうのですね）

口をついて出てくる。母が好きだった歌であった。

「むすぶ手のしづくに濁る山の井の飽かでも人に別れぬるかな」

繰り返しながら、右馬介のくれた笄（こうがい）をはずす。流れる髪を二度三度梳（す）いてから一つにまとめ、留めてから立ちあがると、対岸の砂州に直季が立っている。

白い着物に足下は裸足。濡れそぼって、顎の先や袖口からしずくが垂れている。

「触れたりしてすまなかった」

頭をさげる。

ゆきは首を横に振る。

「あの時はありがとうございました。もう一度お話がしとうございます」

白い顔をして動かない。

「上八川さま、こちらに来てください。あの時のように、飛びこんでください。水はもう温（ぬる）んでおります」

すうっと消えた。

あとにはいつ降りたのか白鷺がいて、こちらをじっとみている。

——あなたは上八川さまなのでしょう。

白い鳥をみつめかえした。

――一度お会いしただけ。でも、心にはいつもあのときの尊いお姿があります。

真冬の川に、直季はためらうことなく飛びこんだ。そしてゆきの落とした水桶を潜って拾いあげてくれた。髪から垂れる水のひとしずく、首筋をかすめる風の小さなゆるぎさえ、痛いほど冷たかったであったろう。


「吉野河岩波高くゆく水のはやくぞ人を思いそめてし」

（波が岩を高く打って流れていく吉野河。その速い流れのように、私もこんなに速くあなたを好きになってしまいました）


白鷺はいつしか飛びたっていった。

後から人の気配がして、振り向けば理春尼がいる。

「理春尼さま」

尼のほうがびくっと身体を震わせた。

「ぐずぐずしてしまって……ごめんなさい」

「い、いえ、わたくしも野の草を摘んでみたくなったのです……歌を口ずさんでいましたか？」

うなずいた。

「どうして……そんな歌を知っているのです？」

「丹波にいたころ、母が聞かせてくれました。それで自然とおぼえたのでしょう」

「そうですか……」

やや久しく黙っていた。

「ゆきさんは、そんな歌が好き？」

「はい、好きです。優しい、麗しい心地がします」

「では、貫之の歌集をさしあげましょう」

「つらゆき？」

「紀貫之、その歌の詠み人です。何百年も前に岡豊に下向し、土佐守として四年間住まわれたので、こんなわたくしでも知っているのですよ。あなたは仮名が読めるのでしょう？」

はい、と答える。

「母が教えてくれました。父や弟たち、それから祖母には内緒でした。ここでも今初めて言いました」

あまりにもすんなりと聞かれたので、ゆきもまたすんなりと答えたのである。

ゆっくりと二度、理春尼はうなずいた。

「それなら、歌集が楽しいでしょう。わたくしは村の子供たちを集めて読み書きを教えています。よかったら、手伝ってくださいませんか」

「よろこんで」

帰り道、前を行く理春尼はずっと考え事をして、何も話さなかった。

二

長宗我部の朝倉城攻めは秋になると、岡豊から使者が来たのは、それからしばらくして仁淀川に蛍が飛び始めた皐月初旬のことである。

上八川は片岡の領地では一番東、今回の合戦に一番近い位置にある。

直季はさっそく柚の木野城に百人近い直参を集めて評定をひらき、本山合戦と、それにともなう周囲の小競り合いの対処を相談した。

領地には多くの支城があったが、その中で遠望が利くことほかを凌駕する戸城には常に数名の番兵を置いて、烽火の火種に使われる薪や猪の糞が湿らないよう目をくばらせ、遠目の利く者をえらんで、山頂から眼下をにらませた。また領地の東の端の小申田城には軍兵三十名を常に置いて万一の衝突に備えた。

そんな折、長宗我部元親が首藤山内家との婚姻をいよいよ急かしてきた。

首藤山内家は上八川に古くから住みつく一族で有力な親族も多い。片岡直季と姻戚関係になれば、長宗我部の血はさらに広がり、本山合戦の際にもいっそう強い防波堤となるのである。

「拙者がひそかに持ちかけたところ、山内丹後守殿は大乗り気、直季さまが首を縦にふれば、婚姻はいつでも、どの娘でもよいとのことでござる」

こんないい話はないと、軍師でもある西兵衛尉はつい先走る。

「これで元親さまが本山を攻めおとし、直季様にお子ができれば、長宗我部も片岡も万事言うことなしにございます」

広縁に腰をおろした直季は、背中でうなずいて前の庭を眺めた。久しぶりの梅雨の晴れ間である。昨夜の雨に洗われた庭石は青く光り、カエデの葉はあざやかな濃い緑。裏山から流れおちる自然の滝も水を増して、陽射しをさかんに照りかえしている。生気に満ちた初夏の香りが広縁まで届いている。

直季は目を細めた。

「……いい天気だな」

「久しぶりに、あの農夫と川にでも行かれたらいかがでございます。このところ合戦の準備と評定続き、お疲れではないかと家臣らが案じております」

直季は口を閉じた。

長宗我部が戦をするというなら直ちにしたがう。命じられれば婚姻もする。土佐の戦国を制そうという長宗我部と血で繋がり、その長宗我部に降りた片岡一族の一人として、これはあたりまえの道筋であった。おかしいところはどこにもない。むしろ直季が、長宗我部元親からその利用価値を認められ、片岡光綱からは深く信頼されていることの証であった。

――だが……。

立ちあがる。

「よし、今日は川にゆこう」

裸足で縁石におりた。

「ならばお供を」

西兵衛尉が立ちあがろうとしたが、

「結構です」

とひとこと言って、庭を抜けていった。

「おお、やっといつもの直季さまじゃ」

草履を履く弟の背中から兄の西長門守が息を抜いた。

「いくらなんでも、あの若さで山奥の娘との婚姻は気が滅入るじゃろう」

「まあまあ、兄者。婚姻とはいうても、もろうてとっておけばいいだけのこと。直季様もそのうちその辺のあんばいがわかる」

坂道を駆けおりて、城の下にある船着き場にいくと、川船にうずくまるシゲがみえた。

「シゲ、ご苦労」

毎日来ては棹を抱きかかえ、ただ待っていたのだろう。

「何を申される」

嬉々として立ちあがった。

「直季さまは大忙し、わしは日がな一日遊んで暮らす阿呆でごぜえますき」

伸びた髪を後ろで括り、太布を体に巻いて荒縄で結び、むき出しの足には草鞋も履いてない。いつもの百姓姿である。勢いよく棹を水に差しこんだ。

「今日は、柳瀬川へ行く」

「……へえ、何か月ぶりでございますかなあ」

川に挿された棹はいくつもの水の輪をつくり、それが川面を順番にゆっくり広がっていく。水の色が濃い青緑を宿している。川にかかる木々の葉も、柚の木野城のカエデと同じく夏の色に変わったからであった。

あの真冬の日以来、黒岩城には行っても、柳瀬川に行っていない。

首巻を自分で返しに行けばよかった。茶園堂でもいい。話をする口実になった。なのに、シゲに返させた。冷える襟元を案じて一刻でも早く返したかったのは事実である。だがそれ以上に自分で行くのがどうにも恥ずかしかった。

右馬介が礼に来はしないか期待もした。それをきっかけに会えたかもしれなかった。

だが、何事もなかった。

そのうち、うじうじしている自分に嫌気がさしてきた。身辺が忙しくなったこともある。元親の強いる縁談を進めなければならないという現実もある。

――もう思いだすまい。忘れよう。

だが、忘れることはできなかった。

それどころか、柳瀬川を訪れるゆきの清らかな印象が日を追うごとに強くなっていく。頭の中で広がっていくばかりだった。

今日ついに、雨に洗われた碧(みどり)を見て、なすべきことがみえたのである。

――我が思いをあの人に伝える。このままでは前には進めない。

「船だと大回りですき……」

シゲに言われるまでもない。会うと決めたからには、すぐにでも会いたい。

「片岡から山越えに決まっている」

「へえ！」

勇んでシゲは、大声をあげた。

「急がにゃならんで」

「……まけるか？」

川に沿って西兵衛尉と小者がついてきているのを二人とも知っている。

「おやすいことで」

そういうと、遠くに挿しこんだ棹を力任せに引いた。途端に川船は大きくうねって持ちあがり、そのまま一気に上八川川をくだっていった。


黒い頭巾で顔を隠した直季と、菅笠を被ったシゲが黒岩に着いたのは八(や)つ（午後二時～三時）時(どき)である。

気配を消したシゲが茶園堂を覗くのを、畑の段に隠れて直季は待った。

「ゆきさまは中におられる」

胸が強く打った。

だが次の瞬間、母の顔が浮かんだ。

「母上も、おられるか？」

「おられません」

しばらく考えた。

「シゲ、悪いが先に母上に会いに行く。庄田の万福寺まで走る」

「なんででごぜえます」

「すまん……なんでか、わからん」

怖気づいたとは思いたくない。だが、実際ここまで来てどうしてよいのやらわからない。

——母親に自分の気持ちを知っておいてもらいたいのだろうか。なんとか認めてもらいたいのだろうか。馬鹿な……まるで子供ではないか。

身体を低くしたまま疾風のように黒岩を抜け、柳瀬川に沿ってシゲと走りながら、直季は自分に問い続けた。

万福寺は黒岩の南の庄田村にある。夫の片岡茂光と、兄の長宗我部国親が一昨年に亡くなったとき、黒髪を切り落として理春尼と名乗り、尼の務めを始めた。以来、身の回りの世話をするものを三人ばかりおいて、畑中の小さな寺にひそやかに住んでいる。

書院でひとり茶を飲みながら古今集をめくっていた時、直季が来たことを小者が伝えてきた。

「ここに通しなさい」

それから人払いをして、歌集を閉じた。

「母上」

庭先から声がする。

「直季、久しぶりですね」

縁からあがってくる息子が、暫く見ぬ間に大人びている。

「お久しぶりでございます」

下座に座って両手をついた。

「突然に申しわけありません。それにすぐ帰らねばなりません。まことに失礼いたします」

「何を言っているのですか」

噴きだした。

「落ちつきなさい、茶でも持たせましょう」

「いえ、母上、本当に時間がありません。今日中にすることがあって、その前にお会いしたかったたまでです」

「何をするのです」

言いよどむ。

「それは……それは、これから申しあげます」

両手を膝において、大きく肩で息をした。

「ゆき殿にわが思いを伝えとうございます。わたくしはじきに妻を娶る身、正しくないことはよくわかっています。ですが、これをしないわけにはまいりません。ゆき殿には最初に来られた時と、たまたま川でお見かけした時しか、お会いしていません。ですが、好きになりました。ゆき殿がどう思っておられるかは存じません」

そこで、少し間を置いた。

「……ですが、やはりいま申しあげるしかないのです。わたくしにはもう時間がありません。……それに、勇気もここまでです。やっとの思いで上八川から来ました」

ほっほっと、母は笑い声をあげた。

「ゆきさんは、そんなあなたの告白を聞いてどうしたらいいというのです。あなたは上八川の城主ですよ。あの方にどんな道があるというのです」

きつくみる。

「あなたの秘密の奥さまになるしかないではありませんか」

「いいえ、そんな無理やりはできません……あの方は、尊いお方ですから」

驚いてわが子を凝視した。

「それは……どういう意味ですか」

「最初にお会いした時にわかりました。高貴なお生まれにちがいない、何か事情があって山に隠れていたのだと感じました」

「よくわかりましたね。そのとおりです」

理春尼はゆっくり歌集に目を転じた。

「古今集をそらんじておられました。仮名もお読みになられますし書くこともできます。武門の出どころではありません」

「やはり……そうでしたか」

思わず頬を上気させた。

「そのような方がこんな山奥に来られるとは。それも、水汲みのような仕事を平気でやっておられる」

「仕事や身分に上下などありませんと、ゆきさんはおっしゃいましたよ」

しばし、二人は黙った。

「母上……それなら、ゆき殿はどうなるのです」

「それをわたくしは考えておりました。ゆきさんはまちがいなく身分が高く、そのうえあれほどに美しい……この戦乱の世にこれほど恐ろしいことはありません」

突然目を見開いた。

「一条兼定の耳に入ればすぐ中村（一条氏の本拠地）に連れていかれよう。元親が知ればこれもまたたちどころに岡豊に奪っていくだろう。そのどちらもお屋形さまには手出しができぬ」

「それは……そんなことは、決して許されません」

身体が震えた。

「あの方を踏みにじるものは、たとえ一条殿でも、元親さまであろうとも、このわたくしが許しません」

「それなら……それなら、お屋形さまならどうです？　右馬介夫婦は、早いうちにお屋形さまの側室にと考えているのだそうです。かよがこっそり教えてくれました。なるほど、光綱さまならゆきさんを大事にしてくれるでしょう」

母が一瞬青ざめたのを直季は感じた。直季もまた同じように青ざめたのである。

「それは……兄上以上の方は……わたくしにも考えられません」

久しくしてから、やっとそう言った。

「それなら……わたくしもあきらめます」

「待ちなさい、直季。ゆきさんの気持ちはどうなるのです？」

今度は母がたたみかける。

「聞きなさい、直季。わたくしはゆきさんが高い身分の上に天性の優しさ、さらに美しさまで備えた稀にみる方だと知って考えたのです。こんな世でなければ、相応の暮らしをなさっておられるはずです。丹波の山奥で母親の役目をしていたものは、僧侶姿の藤田右馬介にあの方を託しました。これ以上の苦しみを受けないように、どうかお寺で守ってくださいと、右馬介を信じて託したのです。それなら、ゆきさんは尼となって、受けずともよかったこの世の苦しみのすべてから解き放たれて、いつまでも心穏やかに暮らすのが本当ではありませんか。わたくしたちはそうしてあげるべきではないですか」

直季は目を閉じた。

「……もうすぐ柳瀬川の奥にわたくしの寺が建ちます。兄・国親公の法名から瑞応（ずいおう）寺と名がついて、長宗我部からたくさんの領地が与えられます。これを継げばゆきさんは誰の道具にもならずに、何の不自由もなく暮らしていけるでしょう。そうしてあげなくてはと私は思っておりました。ですが……」

　一瞬言いよどむ。

「ですが……近ごろ、その考えがゆらいできました」

　え、と目を開く。

「それは、どういうことですか」

「詳しくは申せません。あなたが今日来て、ゆきさんに会ったという話をして、少し合点がいきましたが……直季、あの方の人生はあの方に選ばせてさしあげませんか」

　庭に目を転じる。

「人は人の人生を操(あやつ)れない。いえ、してはならないのです。自分の生き方を自分で決めて一生懸命生きようとすることが、人として生まれた証。私はそれができませんでした。また、ほとんどの人もそれができません。ですが、私はゆきさんには、女であろうと、戦乱の世であろうとそうであってほしいのです……あの方が大好きですので」

　微笑んだ。

「尼の言う言葉ではありませんね」

　直季は無言で平伏する。

「では黒岩へ、いえ柳瀬川に行って打ち明けてごらんなさい。どうなっても知りませんよ」

　息子が去った後、頭から頭巾をはずした。

　昨秋村人に植えてもらったいろは紅葉が座敷からよくみえる。昨日までの雨を吸って若い幹は勢いを増し、枝いっぱいについた小さな葉が赤ん坊の掌のようにういういしい。折からの微風にひらひら舞う姿が愛らしくて、思わず笑みがこぼれる。

——直季とゆきさんのよう。

あんな時もあったのだ。ただただ心を震わせて、ひたむきに相手を慕う純粋な時が。胸がしめつけられる。

——私は、本当にゆきさんや直季のことだけを考えたのだろうか。

こうして尼になったのは、二度と戦の道具に使われないためである。茂光というすぐれた夫を持った以上、二人目の夫が欲しくなかったのもまた事実であった。

——でも、ほんとうにそれだけだろうか。私はもっと醜い、身勝手な人間ではないだろうか。

それは、何を指すか。

言葉に出すことはもちろん、頭の中で文字をあてることも怖くて決してできない。だがたしかに自分の中にはある感情がある。

とうに気づいている。そして、直季と同様、それを消し去ることができないでいる。

——こんな姿になった今でも、私は現世に片足を入れたままなのだ。ああ、人はなんと愚かな生き物だろう。

ゆきがその日最後に棚瀬川に来たのは七つ半（午後五時）を過ぎていたが、日はまだまだ高かった。雨のあとのこの天気、地面から熱が立ちあがって、「ああ蒸し暑い」という声が茶園堂でも盛んに聞かれた一日だった。

澄んだ川の水は汗ばんだ体にことさらありがたく、内までひんやりしみとおる。笄(こうがい)で髪を整え立ちあがったとき、対岸の砂州に人が立っているのに気づいた。

こちらをみている。

「上八川さま」

声をかけた。こんなことができる自分に内心驚いている。

あちらも応えて頭をさげる。

今日はまぼろしではなかった。

柳の陰から川船があらわれ、直季はそれに乗りこんだ。いつかの船頭がこちらに向かって漕いでくる。

「お久しぶりでございます」

船の中から声をかけた。

「いつぞやは腕に触れてしまいました。お許しください」

思わず微笑んで返す。

「夢で見たとおりです」

目の前で船が止まった。

「ほんの半時でいいのです。この船に乗ってはいただけませんか」

直季が問うた。

「どこにいくのでしょう」

答えを聞く前に舟に乗っていた。船頭は黙って棹を差す。

「この船頭と初めて仁淀川をみた場所にお連れしたいのです」

うなずいたとき、ゆきはもうシゲの船に夢中になっていた。

ゆっくりと移ろう遠くの山の青、すいすい流れゆく近くの田んぼの緑。初夏の夕暮れ、優しくなった風の中、岸辺のススキは草色の煙のように漂っている。川の水は夏の雲を浮かべた空を映しながら、どこまでも澄み渡っている。

どこからか曇りのない調べが聞こえてくるかのようである。

「ああ……美しい」

直季がいるというのに、ただ胸を熱くしながら、前に横に広がってゆく清浄(しょうじょう)とした世界にゆきは入りこんでいった。最初に来たときもこの船頭が漕ぐ川船だった。

あのとき仁淀川が魔法のように、ちぢんだ心を開いたのである。

仁淀川と坂折川の落合（合流点）に着いたとき、船は横倉山の方を向いてとまった。

「安徳天皇は壇ノ浦から落ちのびて、あの峰にひっそり住まわれたといわれています」

ゆきは手を合わせる。

「短い時間でも、おだやかなひと時を皇子さまは過ごされたのですね」

目を閉じた。

「妙善のおじさん……藤田のお父さん、ありがとうございます。こうして桃源郷に来ることができました。丹波のお母さん、長いあいだ守ってくれてありがとうございました。ご恩は生涯忘れません」

涙が頬をつたった。

「……ここを好きになられましたか」

「とうにこの川に染まっております」

「ゆき殿」

やっとの思いで直季は告げた。

「私を……名前で呼んではいただけませんか」

「……直季さま」

「ずっとそばで、そう呼んではいただけませんか」

ゆきはうなずいた。


このあとの直季は、実際どうかしていた。

すぐに右馬介夫婦のところに飛んでいって、ゆきを妻に欲しいと頼み——右馬介は仰天し、みつはそのまま丸二日寝ついた——、上八川に戻ると夜中にもかかわらず、西長門守兄弟を呼びつけた。

「それはまた、とんでもないことにございますぞ」

西長門守は震えあがった。

「山内丹後守のほうはどうとでも言い逃れはできましょう。ですが、元親さまはそうは参りません。とても申しあげる勇気などござらん」

首が飛ぶかもしれない。

「むろん、俺が話にゆく」

直季は明るい顔のままである。

「山内との婚姻は大切な御政治にございますれば、某もお認めできません」

弟の西兵衛尉ははっきり言った。

「そのお方のことを考えられるばかりに、片岡の屋台骨を揺るがしてしまわれますぞ。そのお方も、どれだけ心に重荷を背負われるやら。今回の婚姻は滞りなくお挙げなされよ。大事になさる方法はいくらでもござる」

「馬鹿を言うな。清く、尊い方なのだ。側室にするなどありえん」

立ちあがる。

「これから岡豊に参って、元親さまにじかに申しあげる。正々堂々と話せばわかっていただけよう。ゆき殿はこちらに縁故はないからおかしな結びつきなどできはせん。山内一族とは必ずうまくやっていく。それでお許しいただく」

「なんと……しばし、落ちつきくだされ」

西長門守はあわてて座らせた。

「子供のようなことを……いくらお従兄弟であられましても、元親さまを説得するなど……ひとたび逆鱗に触れたら、片岡はおしまいですぞ」

「その通り。今まで茂光公と光綱さまがご堪忍あそばし、長年なされたことのすべてが水の泡となります」

　立ちつくした。

「そうだな……いや、そのとおりだ。……父上の、兄上の御深慮、御堪忍。ああ、俺はなんという愚か者だ」

　座りこんだ。

「すまない。先生方……俺に城主の資格はない」

　うなだれたまま、何か考えたと思ったら、

「よし、こうなったからには、上八川城主などできはせん。兄の直春殿は長宗我部の血、上八川を兄上に譲ってゆき殿とどこかでひそかに暮らすしかない」

　などと言いだした。

「馬鹿な……」

　西長門守はあきれた。

「恋煩いにもほどがありますぞ。少し頭を冷やしなされよ。直季さま以上のご器量がほかにございますか」

　弟も涙を浮かべる。

「家臣もみな言うておりまする。上八川さまのご器量は光綱さまに勝るとも劣らぬ。元親さまですら怯えてござると。皆が深く慕っておりまする。家臣をお見捨てなさるのか」

「す……すまん……」

膝をつかんで二人に頭をさげた。

「許してくれ……確かに、どうかしていた……では、いったい、どうすればいい」

燭台のぼやけた明かりの周りに膝を突きあわせたまま、三人は長らく黙りこんでしまった。

「そうだ！」

突然、弟の西兵衛尉が大声をあげた。

「そのお方を、山内丹後守の養女にするのはどうだ？」

満面の笑顔で膝を打つ。

「それなら山内と繋がりができる。おお、これは大名案」

「待て、待て……丹後守には娘がおるのだぞ」

兄のほうは腕を組んだままため息である。

「娘がおるのにわざわざ養女とは……あまりに丹後守を馬鹿にしておる」

弟は首を振りながら説き始める。

「兄者、そもそもこれは御政治。御政治ゆえ丹後守に関係のあるものを直季様は娶らねばならん。つまり、丹後守とゆきさまを関係させればよい。それだけのことでござろう。丹後守の娘はいくつかご存知か」

「……知らん」

「それをみい。幼女かもしれん。案外、いかず後家かもしれん」

「お前も知らんのか」

さっそく二人は祐筆（秘書）を呼びつけた。

「確か、今年で数えの七つかと存じます」

「よし、去れ」

足音が消えたとたん、西兵衛尉は飛びあがった。

「神のご加護じゃ。元親さまの御為に、上八川さまにはすぐにお子がいる。それでこの話を通そう。七歳の娘ではとうてい無理でございますとな」

「よし、俺が頼みに行く」

直季が勇んで言うと、西兵衛尉が自分の胸を叩いた。

「ここは、わたくしめに任されよ」

得意顔になる。

「山内丹後守にはちと貸しがござるでな。元親さまに丹後守の器量を聞かれて、少々持ちあげて申したのだ。それが元親さまのお気に召して丹後守は加領となった。婚姻のきっかけにもなった。某が丹後守に持ちだせば、うんとしか申さぬ」

「……すまん」

わが身の勝手に今頃気づく。

「なんの。そこが直季さまのよきところ、清きところでございます」

「我らがお慕いする直季さまは、手に取るようにお気持ちがわかるでな」

兄の西長門守も白い歯をこぼした。

「それに、これがうまくいけば何の問題もございません。直季さまもお幸せになり、上八川も変わらず安泰……それに、実は某、途中からこの話がおもしろうて」

「兄者もか。某も、久しぶりにひどく楽しゅうござった。あの元親さまの裏をかくなど、我らは頭が変になったかと思ったのもつかの間、どうにかしてみようと考え始めたとたん、身体の血がえらく騒ぎました」

兄弟はそろって笑った。

直季は胸を熱くした。今ほど、この二人を身近に感じたことはない。

「お二人とも、いつまでも力を貸してくだされよ」

また揃って頭をさげた。

三

片岡直季にゆきが嫁すことになったのは、永禄五年の夏祭りのころである。

山内丹後守は西兵衛尉の申し出を一も二もなく受け入れた。養子縁組の儀は形ばかりということで、婚礼の前に上八川の柚の木野城で簡略にすませることに決まった。

いよいよ明日が婚礼という日の夜、藤田の家では、かよと彦次も母屋にあがって、祝の宴をもった。

床の間に並べられた長持には光綱から届けられた布帛や、理春尼から送られた貝桶、漆塗りの椀や膳などが納められている。上八川のほうからは何の準備もいらないと言いながら、二十貫の銀を届けてきた。右馬介夫婦が相応の暮らしができるようにとの取りはからいで、考えてみれば、藤田家はゆきを通じて領主一族と縁ができたのである。

かよと彦次がさがってから、三人はゆきを真ん中にして縁側に座った。

「ああ、こんなに早く手放すとは思わなかった」

みつは朝から愚痴の言いどおしである。

申しこみを聞いたときは、あまりのことに腰が抜けてしまったが、考えてみればこれ以上の縁談はなかった。領主の一族から正妻に望まれて断る理由などあるわけがない。安全なところに一刻も早く嫁がせることがみつのたっての願いだったので、それこそ渡りに船であった。だが、婚礼の日が近づくにつれて、せっかく縁のできた子を一年足らずで手放すことがたまらなく、募る寂しさをどうすることもできないのである。

「まだまだ教えることがある……あとひと月、せめて十日でもいいから一緒におれないものかしら」

「もう言いっこなしじゃ、みつ。親とはいつになっても、そういうことをいうものらしい」

ゆきも胸が痛くなる。

「お母さん、上八川はすぐそこです。毎日でもいらしてください。直季さまもお二人がさびしくないようにと申されております」

「まあ、お城に行くなんて……それも奥方さまの育ての親として。これが本当のことだなんて、ねえ、右馬介殿。わたしは、今でも信じられませんよ」

右馬介も深く息を吐いた。

——まったく信じられん。丹波の山奥で救った娘が、なんと藤田の家をあげてくれた。

「お母さん……そろそろ湯につかりとうございます」

右馬介だけに話があるのだと、みつは察した。

「……ああ、そうだった。彦次にできているかどうか聞いてきましょう」

ふたりになって、右馬介に身体を向けた。

「お父さん。これまでありがとうございました」

目元が怪しくなってきて、慌てて右馬介は手を振った。

「やめてくれんか。わしは涙もろいから、こういうのはどうにも……」

「お父さんに頂いた桶を、上八川に持っていっていいでしょうか」

「あんなできの悪い桶を？　それは勘弁してくれ」

父は照れた。

「お城には白木でできた、もっと上等な桶があるだろう。それにお前は奥方さまじゃ、これからは必要ない」

「上八川でも茶園堂を開こうと思っているのです。直季さまも賛成してくださっています」

「そうか……それはええ」

理春尼の善行を上八川に広めるのは直季もうれしいだろう。それに茶園堂に行けば、これからもゆきと気楽に会える。

「それなら持っていくがいい。どこか傷んではおらんか？　明朝、みてみよう」

「傷んではおりません……それより、明日の朝、あの桶の中に庭の花を二、三株入れてください」

育った家のものを傍に置きたいのだ。右馬介はうなずいた。

「どの花がええかな」

「シランです」

空気の流れが途絶えた。右馬介の身体が固まった。

「……シ、ラン？」

前でゆきが手をついている。

「お父さん。わたくしは……わたくしは、お父さんが探していた紫蘭の子です」

固まっていた身体が震え始める。

「……な、んと……」

「おばあさんが丹波のあの家に戻ってきたとき、母が教えてくれました。ゆきは身分のある人の娘、生んでくれた人の名前は紫蘭だと」

気が遠のくような感覚が右馬介にあった。

「……そのときは、丹波の母が本当の母ではないことが辛くて泣きました。生まれなどどうでもいい、家族の中で自分だけが違うのが悲しかったのです」

少し目頭をおさえた。

「……それからおばあさんにきつくされて、辛い毎日が始まりました。母は隠れて読み書きを教えてくれました。いつか必要なときが来るかもしれない。でも自分のことを打ち明けるのは生涯に一度、このときという日まで口にしてはいけない、といわれました。お父さんに私を預けるとき、母は何も言いませんでした。だから、そのときではないのだと思いました」

顔をあげる。

「今がそのときだと思います。お父さん、わたくしは紫蘭の子供です。探しだしてくださって、仁淀川に連れてきてくださって、ほんとうにありがとうございました」

「そうだったか……」

左手で嗚咽を始めた喉を抑えた。

「ゆきが、紫蘭のお子……ゆきが……」

涙が膨れあがっては落ちてゆく。

「……わしは……わしは、なんという愚かものじゃ。お前が十四と知ったときも、美しく見変わってもなんも気づかなんだ……いや、もしかしたら、もうどうでもよかったのかもしれん。ゆきがわしの家の子になってくれて、それでもう、よかったのかもしれんな」

ゆきも涙ぐんだ。

「こんなに大切にしてくださって、どんなに幸せかわかりません」

「ああ……」

両手で顔を覆った。

「太助、聞いたか。お前の願いが叶(かな)ったぞ」

あの日の父子が胸によみがえる。

――お願いします。お願い申しあげます。

思わず手を合わせた。

神仏の光が自分を包んだのを、右馬介は感じたのである。

「ゆき。誰よりも幸せになってくれよ」

シランが入れられた右馬介の桶とともに、翌日直季のもとへとゆきは嫁いでいったのである。


それからふた月もしない永禄五（一五六二）年の初秋、長宗我部元親の朝倉(あさくら)城攻めが始まった。

四

長宗我部元親にとって、上を目指すのは生まれたときからの宿命である。

祖父の無念を晴らし父の遺言を叶えたうえは、さっさと土佐をまとめあげて、さすがに元親さまは土佐一よと、四国中の頭に叩き込んでやらねばならない。

本山茂辰(もとやましげとき)との戦いは永禄五年の九月十六日から始まった。

本軍だけを数えれば、いまだに長宗我部氏と互角以上の勢力を本山氏は持っている。最初の朝倉城攻めでは勝敗がつかなかった。元親軍は三千の軍勢のうち五百人以上の討死を出して、いったん本拠地の岡豊に退いている。この三日間の戦だけをみれば、一勝二敗で元親勢の敗けとも言われている。だが、元親の抜かりのなさが、長宗我部に勝ちをもたらした。いや、目的の前にはあくまでも冷静にして貪欲に動こうとする長宗我部の血が勝たせたのかもしれない。父、国親が一条氏の元から岡豊に戻って約二十年間、ひそかに力を蓄えたのとよく似ている。

朝倉城攻めまでに、神森城（朝倉城の北北東約四キロ）や杓子田城（朝倉城の北東約一キロ半）など、本山の支城を入念に潰していった。戦が始まった時には、本山側の城は朝倉城のほかは吉良城（朝倉城の南南西約四キロ）しかないありさまだった。また元親は長宗我部に帰順した名主や豪族らを再編成し、この戦に参加させた。戦後の領地拡大や軍増強の手配りもしている。

本山氏は本軍こそ強大だが、いつのまにか孤立無援の状態にされていたのである。

翌年の永禄六年一月、本山茂辰は朝倉城を焼いて立ち退くことを決めた。当時土佐一とも言われた山城であったが、援護のない中、半年を超えて多くの兵を養うことはできなかったのであろう。茂辰は朝倉城から北西一里余り（約五キロ半）にある領家山に新たに陣を構えた。鏡川（高知湾まで流れこむこの地方の水運、交通の要となる川）沿いに蟠踞する国人らに声をかけ軍勢に加えようとする。だが時すでに遅く、みな長宗我部に寝返っていた。

打つ手がないまま本山茂辰は、嶺北（北に広がる山岳部）の本拠地・本山（朝倉城の北西約二十五キロ、岡豊城の北約二十キロ）まで退却したのであった。

このとき吉良城を守っていた本山軍も引いたので、元親は弟の親貞を入れ、形は名族、吉良を継いで（吉良氏は源頼朝の弟、希義の子孫ともいわれている）、長宗我部の勢力に入れる。

本山氏は土佐の中央に広がる大きな領地を失った。

その年の五月、本山勢は反撃を試みる。

本山茂辰の家臣、中山新八らが二百の兵を持って長宗我部の本拠地・岡豊を侵し、村々に火をつけた。炎の勢いはすさまじく、土佐国の信仰の中心である一宮（いっく）神社（岡豊城の西約四キロ）まで焼きつくした。だがそこでも、長宗我部に降りた豪族たちが本山勢を取り巻いた。かつての朋輩（ほうばい）、秦泉寺（じんぜんじ）（朝倉城の北東約三キロ半、岡豊城の西約八キロ）城主の秦泉寺大和守（じんぜんじやまとのかみ）や、杓子田（しゃくしだ）城主の大黒備前守（おおぐろびぜんのかみ）によって本山勢は後退させられていった。

もはや出ていったところですぐ周りから攻撃を受ける。元親はあの一条氏とも結んでいるから、一条の息のかかったものまで反撃してくる。

苦悩のなか、本山茂辰は病死した。

茂辰の嫡子は元親の姉の子・親茂（ちかしげ）である。長じれば祖父・梅慶にも劣らない武将になるといわれた若者であった。だが、こちらは生まれるときが遅すぎたのであろう。

降りて和睦の道を選んだ。

本山氏を完全に抑えるのに実に約十年かかったが、長宗我部元親は、戦国七雄中最強、中央部で大きな勢力を誇った本山氏を足元に従えたのである。

この戦火は片岡の領地に飛んできていない。

戦と境界を接する上八川では、城主片岡直季が支城すべてに軍兵を常駐して厳しく固め、分水嶺には長槍と弓矢を持った番兵をずらりと並べて、敵兵が一歩たりとも逃げこめないように二年近くも守り抜いたからである。元親には大きな後方援護となったであろう。

永禄十二年（一五六九年）七月、元親は東を向いて、安芸（高知県東部）に攻め入った。謀略を駆使した厳しい戦術で、土佐・東の雄と言われた安芸国虎をひと月で自害に追いこんだ。

強大になって元親は、ついに西を向いた。

新たに領地になった本山の所領の西隣りには、片岡をはじめ、大平、尾川など小領主がひしめく吾川・高岡の地（高知県中西部）があり、その向こうに「御所」「一条殿」と言われるあの一族がいる。一条氏は父をかくまい養ってくれた。だが子の元親には何の恩義もない。むしろ、目にみえない権威で人々を脅しているその存在が疎ましいだけだ。

いつものように峰続きの出城に立った宮内少輔元親は、西を向いて顎の髭をなぞった。

しばらく考えたあと家老を呼んで、片岡下総守光綱に使者を送るよう命じた。長宗我部に降りるべく近隣豪族を説得する役を命じたのである。

その年の九月、中村越前守の城である佐川松尾城（高知県佐川町）に近隣城主が集められた。大平国興がかつて蓮池城に城主を集めて、近郷の協力を誓わせたときから三十五年を経ている。あのときは上八川城主の和田美濃守晴長も来ていたが、いまではこの世にいない。本山についた和田美濃守を直季が討って上八川を攻略したのは前に述べた。また波川の波川玄審も来なかった。こちらは長宗我部元親の妹を妻として元親とは義兄弟の関係であり、すでに長宗我部の傘下だからである。本山氏との争乱期には本山氏側の城をいくつも攻略して背後から援護している。片岡茂光も他界して片岡氏は光綱の代になってもいる。

三十五年ははるかに長い年月であった。

光綱は領主たちの前で口を開いた。

「旁もご存知のとおり、父、茂光は長宗我部国親様の妹を妻に招いた。旁とはなにかと立場が違おう。だがここはよう考えなされ。いまの長宗我部に刃向かって何の得があるか」

斗賀野（佐川町）城主・米森玄審元高は、力を失っている大平氏をいまでも主君と仰いでいる。

「片岡殿の選ばれた道を、わしは非難いたさん。だが、我に二君なし、大平さまを主君と決めたからにはこの道をいきまする」

「滅ぶだけの道ですぞ」

尾川（佐川町）城主、近沢将監祐清は最近長宗我部から祐筆にと声がかかり、これを機に降りる覚悟をしたところである。

「この将監とて無念の思いなしとは申さん。だが、これは我ひとり、死に花を咲かせるというような話ではない。我らの一族、いや、土地のものの生死に関わっている」

中村越前守もうなずく。

「わしは降りる。わが長男は、父からみても武芸達者。召しかかえられて武功をあげれば、中村の名も生きよう」

すでに七十に近い高齢である。まだ五十半ばの米森元高は歯ぎしりした。

「旁は人質を出して勝手に降りればよかろう。拙者は我が城で元親を迎えうつ。誰の助けも求めん」

「長宗我部のやり方を御存知であろうが、米森殿。稲の実った田が焼かれ、麦はことごとくなぎ倒されるのですぞ。朝倉や安芸の村々に火の手が上がったのをお忘れか」

近沢将監の言葉を光綱も引きとった。

「いかにも。農民あっての我らです。どうあっても斗賀野の地を滅ぼしてはなりませんぞ。いまの長宗我部の勢いの前には、一条殿とて千に一つ勝つ見込みはなかろう。戦う前に降りたのであれば、元親様は領地を安堵なさる。農民らが育てた麦や稲も生き残るのだ。元高殿、ようお考えなされ。その義、誠にあっぱれなれど、城下ともども元高殿が滅ばれてしまうのはなんとも惜しい」

「滅ぶとは決まっておらん」

元高は目を吊りあげた。武に優れ、槍の腕前は土佐中に聞こえている。

「安芸(あき)の国虎(くにとら)は家臣を助けることを条件に切腹した。長宗我部は安芸城の井戸に毒を入れ、中に間者を放って城内を攪乱(かくらん)したという。傍(かたがた)の申されることもっともなれど、元親に降りることは、どうしてもできん」

立ちあがって床几を蹴り、その場を立ち去った。

城の石段をおりていく元高に光綱は追いついた。

「米森玄審殿、お待ちくだされ」

足を止めたが振り返らない。

「どうか、いまを辛抱なされ。わしからも元親さまに玄審殿の清いお心をお伝えしておく」

「放っておいてもらおう」

元高は低いながらよく響く声で応えた。

「……それにいま、長宗我部に降りて生き延びることができたにせよ、どうせ、次の戦いでは長宗我部本軍の捨て駒に使われるだけじゃ。ゆっくり滅びるか、さっさと滅びるか、それだけの違いにござる」

「たしかにそうかもしれん」

後から光綱はうなずく。

「だがそれならよかろう。よその土地の戦に我らだけが向かうのなら、それでよいではないか」

めずらしく語気を荒げた。

「戦はむごたらしい。痛い。苦しい。あの殺しざま、あの死にざま。思うだけでも身の毛がよだつ。そんなことに、女や子どもを巻き込んでよいのか。自然に耐えて民がつくった田畑を潰してよいのか。我らはどこよりも領民と深く結びついている。この光綱、伊予であろうが豊後であろうが、よそで戦えとの命ならば、どこまでも行きますぞ」

しばらくしてから元高は、光綱にゆっくり振り向いた。

「片岡下総守殿の選ばれる道が、この地の領主としてあるべき姿にござろうな」

目を閉じる。

「だが、わしにはそれができん」

「米森殿……」

「安芸国虎の家臣、黒岩越前は腹を切った。元親に家臣となることを請われたからだ。それを聞いて、それこそがわしの生き方だと感じた。一瞬たりとも元親には降りられん……さぞ、下総守殿には子供にみえるであろうな」

目を開け、口元をやわらげた。

「ご厚意は忘れん」

一礼して向きを変えると米森元高は石段を降りていった。

元亀（げんき）元（一五七〇）年、元親の代将によって斗賀野城は一瞬で落城、米森玄審は討ち死した。

また、中村越前守は隠居させられ、彼の居城には娘婿の久武内蔵介を筆頭に長宗我部家臣団が入った。この地の監視を怠たらぬ元親の策である。


さらに五年の月日が流れた。

天正三（一五七五）年、幾多の戦乱ののち、長宗我部元親は一条氏の当主・内政（ただまさ）を中村から大津（おおつ）城（高知市）に移して幡多（はた）地方を制圧、ついに土佐全土を従えたのであった。

天正四年

一

後世から下剋上と呼ばれた時代も、ついに佳境に入った。

戦に明け暮れるものたちは、何千人死のうが何万人飢えようがどうでもよくなっている。死骸の山に土をかぶせて城を築きながら、みえない先に向かってひたすらに走っている。

永禄十（一五六八）年、美濃、尾張、伊勢北部を織田信長が掌握し、都に近い地で一挙に成りあがった。これに望みをかけた足利義昭が――こちらは甥の将軍（義栄）を出し抜いて自分がとってかわりたいのだが――、一乗谷で世話になった朝倉義景からさっと鞍替えし、信長軍について上洛をはたした。誰につくのがわが身に得なのか、みなが考えている。念願の征夷大将軍になりはしたが都はすぐに荒れだした。岐阜に戻った信長を慌てて呼びかえし、八万の大軍に守ってもらって新御所を建設する。実力者はどちらのほうか、子供でもわかっただろう。

東では三つ巴の婚姻で堅い同盟を結んでいた武田、北条、今川氏が、武田の内紛で結束が綻んだ。

これを逃さず三河の徳川家康が遠江に進攻し、まず今川が落伍した。北条は武田と対立したのを期に、武田の宿敵、上杉と和議をはかる。北条氏政が弟の景虎を上杉謙信の養子に出した。上杉と武田が戦に及んだ際には加勢と称して進攻し、領土拡大が狙えるというわけだ。

西は西で、これも戦国真っただ中である。

尼子義久をくだし、中国地方をほぼ手にした毛利元就が矛先を九州に向けた。筑前の立花氏や、肥前の竜造寺氏を味方につけて大友宗麟をかく乱、猛威を奮うが、地元には尼子勝久や家臣の山中幸盛、大内の一門など生き残ったものが暗躍して、大友側について手のすいた山口を乗っとってしまう。元就の二男、吉川元春や三男の小早川隆景がいそぎ戻って鎮圧するが、残党の動きは簡単に抑えられない。こんななか毛利元就は亡くなって、新たな当主となった孫の輝元が収拾を任された。

信長はむろん、このありさまにも抜け目なく、麾下の浦上宗景に備前・美作・播磨三国を安堵してかく乱を始める。さすれば尼子の忠臣、山中幸盛は主家の再興を信長に願いでてきて、浦上と山中の結託ができあがった。信長の予想どおり、毛利と織田の関係は悪化、若い毛利輝元はこれに真っ向立ち向かわんと、信長に抗っている本願寺と繋がっていくのである。

ところで信長と敵対する多くの勢力は、戦国最強といわれた武人、武田信玄が後方から信長を攻撃してくれることを頼みにしていたといわれる。ところが信玄は五十三歳で病没してしまい、これが信長の追い風になった。嬉々として信長は、天下取りの名刀「宗三左文字」を振りあげた。

朝倉義景は攻められて自害、浅井も滅亡して信長の家臣、羽柴秀吉にその地が与えられた。三好宗家は断絶して松永父子は降伏、足利義昭は紀伊まで追い払われて、足利幕府も終わった。武田勝頼や一向衆、毛利や本願寺などとの決戦を先に残してはいるが、天下の勢力はまず信長が抜きん出ている。

天正四（一五七六）年正月、織田信長は新たな支配拠点を近江の安土山に定め、惟住（丹羽）長秀に築城を命じた。安土城である。


この時期の土佐である。

天正四年というこの年、土佐統一を終えたばかりの長宗我部元親は、次の目標を四国征討においた。さっさと纏めなくてはならない。本州の動きは伝わっている。信長という人間が、地図を広げて筆に墨をつけ、マルだかバツだか、好きなように日本を塗りたくっている。

実は元親は、前年使者を送り、嫡男・弥三郎の烏帽子親を信長に請うている。「信」の一字を偏諱として信長から与えられた（弥三郎は元服して信親となった）のだが、むろん臣従するつもりはない。台風から逃れるために敢えて目に入ったようなもの、しばらくは邪魔されないで四国をまとめる腹である。

だが、頭をさげたことは事実であった。

――奴と比べて、このわしが劣っているか。

むろん、「否」である。なんといっても自分のほうが五歳も若い（三十代後半）。

――年寄りめが……まあ、しばらくは放っておいてもらおう。

戦う時には一歳でも若いほうがよく、勝ったら勝ったで、一歳でも長く生きねばならぬ。いくら武勇に優れても、本山梅慶や武田信玄のように五十やそこらで死んでどうする。

英雄に漂う霊気はその人一代限りのもの、死んでしまえば蒸気のように失われて、ほかの何ものもその代わりはできない。

――今を生きてやる。信長より生きてやる。

そう思えば身体が震え、鉄の意志が沸騰したまま全身をめぐる。

――わしほどの「出来人（できびと）」が世に二人といるか。

二十歳まで戦と縁なく過ごしたのに、軍配を振ったとたん稀有な個性が霊気を生んで全家臣に乗り移った。勝利への渇望がまたたくまに長宗我部中に漲（みなぎ）った。それが兵数では勝る本山氏を討ち負かしたのだ。初陣の二週間後に父が急死したが動じもしなかった。遺言どおり、本山を葬る決意をしたのみである。

眉を吊りあげれば、男はみな腰が砕け、笑みを浮かべれば女は我れ先にと跪（ひざまず）く。たしかに長宗我部元親は、その六尺を超える美麗な総身から赤胴の鎧を一時（いっとき）もはずさずに、土佐の信仰の頂点に立ってみせたのである。

天正四年のいま、このエネルギーを減ずるものは土佐にはいない。長宗我部は一族の絶頂期に向かってさらに突き進んでいた。

このとき、片岡光綱、直季、ゆきをはじめとして、仁淀川に住む人々はどう生きていたのだろうか。長宗我部元親が本山氏と朝倉城で頂上決戦をした永禄五（一五六二）年からここまでの十数年間に、片岡一族はどの時代にもまして勢力を伸ばしていた。

元親は、敵対する勢力を倒すごとに、功績をあげた家臣に恩賞として知行（支配する地域）を宛てがっていったが、片岡氏も大きく認められて、もとの領地は安堵され、さらに増やされた。片岡本城のある片岡村をはじめとして、越知、安居、刈山、大崎、横畠など、息のかかった多くの村は「片岡領」として全き支配を認められ――長宗我部直轄地や、長宗我部の家臣の給地も分散させて入れ込み、旧領主の支配を弱める方法がよくとられた――、本山氏の領地だった領家山あたりも加えられた。全体として仁淀川本流と支流を囲む高岡郡、吾川両郡を合わせて千町歩あまり、一万五千石を超える広い土地が支配下に入ったのである。

広がった領地に光綱は寺社を建てた。土地を寄進し、領内の無事と繁栄を神仏に祈願した。毎年五月と十一月のそれぞれ十五日を祭りの日に決め、夏祭りと合わせてこれらの祭りでも「茂光公の盆踊り」が踊られた。また安徳天皇を祀る横倉神社は、この時期広大な寺領を誇っているが、その棟札には永禄元年の茂光とともに、元亀四年に光綱、天正十一年には親光（光綱）の名前がある。社殿を数回改築・修復したことが資料にみえ、片岡氏がこの時期、この地でもっとも勢力があったことを物語っている。

黒岩新町もまた栄えの頂きを迎えた。

ゆきが黒岩郷に来た永禄年代は、通りは南北東西に一本ずつ、並ぶ店の数は三十余りがせいぜいだったが、天正半ば頃（一五七〇年代後半から八〇年代頃）には南北の通りが三本に増えた。旅館をはじめとして、茶屋、酒屋、染物屋、紙屋、鍛冶屋、皮革細工屋など百件を数える大小の店が軒を連ねた。今に伝わる「書き人知らず」の『片岡盛衰記』には、和泉屋勘兵衛という商人が大阪から美女を集めて豪奢な茶屋を営み、夜ごと多くの人が船で通いつめたとある。誇張もあるだろうが、耳目を引く賑わいがあったことはまちがいない。黒岩新町は戦国期に、仁淀川の水運と片岡氏の安定した領地経営で、土佐で繁栄した町の一つになったのであった。

はじめ元親は、片岡光綱をさほど評価していなかった。温厚で敵を作らない性格が、この時代に不向きにみえたのである。長宗我部の血を引く直季をゆくゆくは片岡の領主にという、ひそかな企（たくら）みもある。

だが、元親に降りるよう近隣城主を説得し、それが成功したことが長宗我部の土佐統一に大きく貢献した。兵力を温存したまま、すみやかに一条制圧に向かえたのだ。功労者である光綱から土地を取りあげて直季に与えることなど、いくら元親でもいまはできない。

考えたあげく自分の名前の「親」の字を光綱に与えた。そのうえで、光綱の嫡子を世話した。自分の息のかかったものに、片岡を継がせるという腹である。さすがに軍略に長（た）けている。

「茂光、親光（ちかみつ）（光綱）という優れた領主の後を継ぐものは、それ相応でなければなるまい。片岡が我が親戚として後ろ盾になってくれれば、これほど心強いことはないのう」

近隣城主の会議のあと長宗我部に降りて傍に仕えている、もと尾川（おがわ）城主、近沢将監（ちかざわしょうげん）の子、光政（みつまさ）を光綱の嫡男にすることとし、自分の養女を妻にさせたうえで片岡に入れたのである。

むろん光綱は元親の申し出を受け入れた。

長宗我部と片岡は、姻戚という政治でまたも深く結びついた。

二

天正四年の秋も深まろうとしているある日、光綱は御座船を仕立てて、嫡子として片岡に入ったばかりの光政と藤田右馬介を乗せた。片岡城から仁淀川をのぼって、川なかから片岡の領地を案内し、黒岩で船をおりて黒岩新町をみたあと、いまは家臣に住まわせている黒岩城で夕餉の計画である。前後に護衛の船につけたためついつい物々しくなってしまい、触れなしの視察は民の知るところとなった。

川沿いの道には早くから村人が出迎えんと構えている。そこへ、片岡の家紋、揚羽蝶が紺に染め抜かれた白い旗印が木々の間を舞い、領主を乗せた船が上流からゆっくりと現れる。

「おお、あれをみい、片岡の揚羽蝶や」

「お屋形さま！」

「ご領主さまじゃぞ！」

鉢巻をはずして頭をさげるものもいれば草なかに土下座するもの、籠を振り回して自分の名前を大声で繰り返し、ちゃっかり売りこむものもいて、岸辺は大騒ぎである。

「父上の御政治は土佐一と、近沢の父からも聞かされておりましたが」

光政は光景に感じいった。

「領主をみて民がこれほど喜んでいるのを、私はまだ目にしたことがございません」

「いやいや……みな、お前をみたいのだ。次の領主はどんな人間なのか、ひとつ値踏みしてやろうと出てきておる」

光綱がからかうので、急いで姿勢を正した。

二十に満たない若者である。実父は元親の祐筆(ゆうひつ)に抜かれたほど頭脳をもった能筆家。彼にもその血が流れていることは、並より広い額が秋の日に映え、黒目が勝った瞳が理を含んで光ることからもうかがえる。

五十路を超えた光綱もまた、髪も口髭も黒々と豊かで、太い眉の奥からは恩沢に満ちた光が変わらず放たれていた。

控える藤田右馬介は、いまでは片岡の筆頭家老である。六十に近づいて髪に白いものが混ってきたとはいえまだまだ十分働き盛り、顔のごつさ、肉づきのよさは前のままだ。今日は土地台帳を開いて、船からみえる村々の名前を教え、在地する給人の名前や、土地の面積、特産物などを次の領主に指南する役である。

仁淀川は氾濫するごとに水しぶきがそのまま形として残ったような沃土を、年月をかけて形成していくが、そうしてつくられる水田は稲作(だいたいが太米)用で、民の日常の食料となる粟(あわ)や稗(ひえ)を育てるのは山を切り開いて作る山畑や切畑(焼畑)である。よく肥えた畑は「熟畑(じゆくばた)」あるいは「畠」と呼ばれて、屋敷内でも栽培する茶や梶、桑などを育てる場所となり、わずかでも民の現金収入となる。

山が迫った部分は川底が深く、その分川幅が狭いので、樹木が水面に映りこんでくる。始まったばかりの紅葉が澄んだ水面に映えるなかをしばらく進むと、川は右に大きく曲がって景色が一変する。上流に向かいながらも川幅ははるかに広がって河川敷も大きくなり、その分だけ川底を浅くしながら流れる大河川の上方では、山々は重なりあい、しだいに青を淡くしながら、はるか遠くまで連なっていた。広大無辺な光景が川船の周りを大宇宙のようにとりかこんでいる。

「……すごい。一幅の山水画だ」

光政は目を見張った。

「左の、低い山を開いているところがアソヲ村です。右京左衛門ほか二名の作地があり、畑は二十八筆です」

右馬介が土地台帳を読みあげる。

「あの斜面に二十八筆も……右京左衛門とやらは、よく山肌を開いて作物の育つ土地にしたものですね」

「日当たりがいいので、桑や梶などもずいぶん作っておりますな。作人を十人ばかりかかえて皆よく働きます」

「前方にみえてきたあの大きな村は？」

「鎌井田（かまいだ）村です」

手前の低い連山を開いて、川沿いに人家が並んでいるのが遠くからもみえる。

「岡林藤助ほか片岡の給人六人が屋敷を構えて住んでおります。田畑は全部で七十一筆あり、計七町七反です。うち水田が一町八反、畠二町八反、屋敷が一町八反、残りが切畑や山畑などです」

川に近いあたりに田が長細く作られ、次に百姓家、その上には給人屋敷がひな壇のように行儀よく建ち並ぶ。近づけば、それぞれの段から人々が道に出て、お辞儀をしたり、さかんに手を振っているのがみえてくる。黄金の稲穂もこうべを垂れて、領主に豊作を告げている。

高いところに目をやれば、段々畑が山の上まで作られている。作物によって一枚ごとに緑の色、黄の色を変える山肌のありさまは、碧い仁淀の水面に映る姿も格別で、今度は狩野派の筆で描かれたあでやかな山河が目の前に現れたようであった。

「ああ……美しいところですね」

光政が息を漏らすので、光綱も同じほうを見あげた。

「あの急な斜面の狭い畑に、稗や粟、そばや里芋を植える。皮膚が焦げるような暑い日も、農具を担いで斜面をのぼるのだ。労多く作高は知れておろう。その出来すらが天まかせ、それでも生涯あの畑で働きとおすのだ」

そこでも民は立ちあがって、木鍬を振り回していた。

手をあげて領主は応える。

「あの高さで立ちあがれば、転がり落ちて、奈落に吸いこまれるように感じるだろうな」

光政も腰をあげてちぎれるほど手を振った。

「……感謝せねばなりません」

鎌井田村を過ぎるとしばらく人家が途絶える。光綱は、小者に御座船の障子を閉めさせてから人払いをした。

「ここにいる家老を交えて、少し総領家の話をしよう」

右馬介は台帳を置いて正座し、光政も膝に両手を置いた。

「……まずは、宮内少輔さま（元親）には心から感謝申しあげる。まさか、これほどの嫡子を得るとは思わなんだ」

光政は、頬を赤らめた。

「その元親さまは、すぐにでも四国征討に出られるであろう」

長宗我部元親が動き始めたのはそれからおよそ二か月、この年の暮である。

「……それが長宗我部の生き方だ。土佐でも豊かな岡豊（おこう）の地から出（い）で、軍略の頭をもつあの一族がいまの世にそうでおれないはずもなく、また長宗我部がそうでないなら、戦に長けたほかのものが、伊予や阿波、あるいは本州や九州からやってきて、この地を取りあげるだけのこと……我らは、土佐の長宗我部についた」

揃って低頭する。

「仰せのままにございます」

「我らは旧領を安堵されたうえに新たに土地もいただいた。斗賀野（とがの）の米森玄審（よねもりげんば）殿の屋敷跡も賜った」

「米森殿といえば、高岡郡でひとり元親様に降りるのを良しとせず、討ち死を遂げた……」

「そうだ。わしは米森殿の潰れた屋敷を水田にした。自分で鍬をもって、ここにおる藤田右馬介とともにな」

「父上さま、みずから？」

「供養のつもりだった……米森殿が好きだった。武も磨かねば勢も地に落ちた主家が米森殿にはあった。あの男は、そんな主家に最後まで義を通して命を擲（なげう）った」

遠い目をする。

「ああいう生き方を羨ましく思うこともあるが……我らの決断には民の命がかかっている。いまもみたろう。あの暮らしを、仁淀川の地を守らねばならん」

右馬介は、飢饉のさなかに戦にまみれた、丹波の村々を思いだした。道端や干上がった用水路に百姓の死骸が無造作に積んであった。あれは討ち死だったのか、餓死だったのか。

「……四国征討は土佐統一よりはるかに難儀だろう。伊予の守護・河野は毛利と深く結んでおるし、阿波の三好は上方と縁が深い。ほかの勢力もさまざま絡みあっている。いくら元親さまとはいえ、すんなりと纏(まと)めることができるとは到底思われん」

「わが片岡の道をお教えください」

嫡子の問いに領主はうなずいた。

「むろん元親様に従う。最初は軍兵の加勢であろう。五十、百と言うてこよう。まずはそれに従う……だが仮りに、四国が統一されたとすると」

「元親さまが四国統一を……」

「あの方はいずれなさる」

「それからどうなります？」

「そのとき長宗我部がどのくらいの勢いを得ているかわからぬが……この戦国、中途半端に終わりはすまい。四国勢が本州に攻めだすことになるか、本州勢が四国に攻めてくるか……」

——その通りだ。それがいまの世、どうせ行くところまで行く。

聞きながら右馬介は、日本全土が炎に包まれる様を思い浮かべた。

光政は膝を両手でつかむ。

「さすれば……さすれば我らは……この地は、どうなります？」

領主は応えた。

「ここから四国全体を睥睨（へいげい）することはできぬ。本州からも九州からも遠い。元親さまが仁淀川の地に布陣することはないだろう」

嫡子はうなずく。

「また我ら一領具足が一人残らず戦場にいけばこの地は守られよう。百姓しかいないのだ。ここで戦はない」

「……仰せのとおりです」

「それでも来るものがおれば、直季が腹を切ると言うておる。家臣を守った安芸国虎（あきくにとら）のように」

光政はやや黙った。

「それでは……わが片岡は」

「国とは土地と民だ、光政。一人でも多くこの地のものを生き残らせる。それが片岡の家訓である」

「……はい」

「いずれにしても、我らが一軍を指揮して、長宗我部本軍を支援する日がいずれ来ると承知しておいてくれ」

無言で右馬介も平伏した。

「……むろん、その際には、当主みずからが軍を率いねばならん」

「御意」

「まずはわしが行く」

右馬介は身悶えた。

——お屋形さま、光綱さま、その時は某もお連れくだされ。おそばを離れません。命に代えてもお守り申しあげます。

若い嫡子は声に力をこめた。

「父上、次は私ですね」

ゆっくりうなずく。

「そうだ、光政。いま、わしとともにその覚悟をせよ」

しばらくは船の中に厳かな静けさが広がった。

「……だが、それまではこの仁淀の地を豊かにすることを専らにしよう」

ふいに明るい声をあげたので、光政はほっと父を見あげた。

「はい、父上……ですが、あとどのくらい穏やかでありましょう」

「……五年、いや三年か……だが、三年も続けば長すぎるほど。すでに十年以上も片岡には安らかな日が続いたのだからな」

みずから障子を開けると、温かい陽射しがさっと入った。うららかな秋のひと日である。

トンボが二匹、ついっと船内に入ってくる。しばらく絡むように空を舞ったかと思うと、またどこかを目指して飛び去っていった。三人はしばし罪のない生き物をながめた。

「水を求めて戻ったか……」

光綱は柔らかく微笑んだ。

「こういうのを守らねばならんのだ」

三

そのころ片岡直季はひとり上八川川に向かっていた。

ゆきとのあいだには四人の男子が次々できて、元親の期待に応えた。長男・直忠はすでに十三歳、末の直正も八歳で、皆つつがなく成長し、それぞれが母のように優しい心を育てている。

上八川の領地経営に腐心して、成果も着々あがっていた。

思いおこせば、ゆきが上八川に来て二年目の年、まだ永禄年代で、長宗我部元親は安芸国虎と戦っている最中のころ、直季は直参百三十四名を柚の木野城に集めた。

「上八川を、総領家の考えに沿って、小さいながら確かな一国(いっこく)にしたい」

それが領地経営を始める第一声だった。

「住む人を守る。仁淀本流とその支流の地を守る。それが総領家のお考えである。戦を重ね大国を望めば、多くは家を空け討ち死する。残されたものは家を養うために働きぬいて疲れ果て、赤子は土間に置き去りにされて、年寄りは谷底に放られる。わが領地が血にまみれるのはまっぴらだ」

「……ありがたきお言葉なれど」

たしか、西兵衛尉が声を発した。

「いかにしてそれをなさいます。長宗我部はまだ土佐統一の真最中、この地は亡き茂光公や光綱公のお力もあってとりあえずは守られてはおりますが、元親様の気分風向きで、いつ何時、事が起こるか見当もつきませぬ」

「たいしたことは起きぬ」

直季はそう応えたのだ。

「三年前の冬、元親さまとお会いしたとき、あのお方の胸の内がみえた。上八川はこのままにしておいてやる。長宗我部の血を増やすことを仕事とし、農夫として生きよと、あのお方の目が告げられた」

それからどよめきが起きた。

「やはり……お屋形さまのご器量を、元親さまは見抜かれたのだ」

「そうとも。内心はお屋形さまを怖れておられるのじゃ」

「土佐の出来人は、ひとりでなければならんからな」

そこで家臣の会話を、手をあげて制した。

「……とりあえず長宗我部の血をひく者、生かしておいても損はなかろうとのお考えだろう。国親公の妹である母上への配慮かもしれん。長宗我部が勢力を誇っているうちは、この地は戦に侵されまい……それなら」

勢いがついて、身体が熱くなったのを思いだす。

「この時期を利用する。我らは小さい国を、それはそれで豊かな国にする」

「小さい、豊かな国」

誰かの声に、うなずいた。

「片岡の総領、兄上さまは申された。国とは土地と民である。我らがなすべきことは民福をおいてほかになし。最も優れた領主だけが口にすることのできるお言葉である」

光綱への敬愛で、胸は膨らんだ……いまでもそうだが。

「……これを聞いたとき、雷に打たれた心地がした。これこそが我が生きる道だと総身が震えた。鉄砲など買うからせっかくの蓄えを使い果たす。大櫓（おおやぐら）を作ろうとするから男たちがくたびれ、ほかに使える木を無駄にするのだ。そんな時間があるのなら山を焼いて切り開き、地を均（なら）して田や畑に変えよう。我らが先頭に立ってそれをやるのだ」

皆がそろそろとうなずき始めた。

「……周りの村人を集めても三千ほどのこの地である。我らの働きはきっと目立つぞ」

一斉に笑った。

「土地を広くしたら、その地ごとに神社を造る。春と夏、それに収穫の祭りを開こう。いや、もっとしょっちゅう開くのだ。父、茂光公の盆踊りを上八川でも広めよう。我らも踊れば、民も踊る。皆が混ざり合って踊り明かすのだ。どうだ、人々の喜ぶ顔がみえるか？」

はい、はいと、明るい声があがった。そしてこの言葉を忘れなかった。

「……そして、これが大事だが、我らは開墾、農作業とともに、武術の訓練を日課とする。それは民百姓も同じだ。訓練場をあちこちに設けて民を集め皆に武術を教えよ。一人ひとりが強くなるのだ。それは山道で熊や猪から我が身を守ること、夜盗や子取りから家族を守ることに繋がる。小さい国とは、小さくとも立派に生きていける国、一人ひとりが力強く自信に満ちた国という意味である」

畳に頭を押しつける家臣の姿をみて、よし、これでやれると感じたのだ。

以来上八川の農地は着実に増えている。

切畑も積極的に開いた。上八川川が鋭い峡谷をつくる地なので、水田よりも切畑に適した場所が多い。二、三十年たった雑木林を選んで秋の始めに伐採し、倒した草木はそのままにして翌年春に焼いた。そうやって木灰を作り、土地が冷えたら耕して畑にする。そこには里芋、麦、稗、小豆、大豆、粟など七品目が植えられて、民の貴重な食料となった。

すぐれた水質を利用して酒が造られ、茶や楮など金銭に変わる作物も植えられて定期市も開かれた。むろん、これらは黒岩新町に持ちこまれ、その賑わいに一役買ったであろう。そして、一人ひとりが強い存在であれという直季の言葉どおり、上八川のあちこちには、弓矢の訓練をした場所を表す地名「射場」「的場」も多く残っている。

ところで、当時を伝える『長宗我部地検帳』をみても、上八川は昭和四十年再調査した時と比べて耕作面積の差が他の地域より少ない。この時期積極的に開かれた証左ではなかろうか。また川内神社という名を持つ神社も多く造られている。川に抱かれて住んでいるという思いを、神社の名に込めて皆で共有したかったのかもしれない。

振りかえりながら、直季の口元は自然と和らいだ。

楽なことばかりではなかった。豊穣の源でもあれば天災の根源でもある仁淀水系はたびたび氾濫を起こしたし、雨の降らぬ年も一度ならずあった。上八川川が凍って春まで解けなかった年もある。だが、穀物の余剰が城主や給人たちの蔵に常に蓄えられていて、民らは飢えずにすんだ。『礼記』のいう、九年の備蓄。少しでもそれに近づけたかったのである。

今日、久しぶりにみつが城に遊びに来る。

下働きの彦次とかよ夫婦も一緒だと、昨夜ゆきがうれしそうに話した。

口にはしないものの、茶園堂でなくお城にいるゆきさまを一目みたいというのが、かよ夫婦たっての望み、それを感じとったみつが、上八川さまもお許しです、この世の思い出に一度だけあがらせていただきましょうと説得したという。

たぶん、彦次は夜なべにこしらえた竹の花籠を、かよは四方竹やらハスイモやら自分で採った山菜を両手に抱えてやってくるだろう。城のものと料理して、膳に何皿も並べるだろう。

「直季さまも、早うおかえりなさいませ」

今朝妻は、にっこり送りだしてくれた。

「柳瀬川のナマズもあるかもしれません」

「これは、ゆき殿……いじわるだな」

可憐な笑顔にいまだに顔が赤らんでしまう。

「母上には、先にみなで食べるように言うてくれないか。父はまだ田畑を見てまわる用事がある。おばあさまや、かよや彦次にもちゃんと礼を言うのだぞ」

射場で弓の稽古をともにしたあと、こう言って子らを帰したのだった。水入らずの邪魔はしたくなかった。


船着き場には、いつものようにシゲが待っている。

「よし、船を出してくれ」

棹を抱き、身体を縮めて長い間動かなかった身体は、突然ぴょんと跳ねあがる。

「へえ！」

船を操る軽やかな動きは、ゆきがこの地に来たころと変わらない。短く刈りこんだ頭は白くなり、顔に刻まれた皺は年々深くなっているが、相も変わらぬ達者な身のこなしである。

また乗りこんだ直季も、こちらは若い盛りではあるのだが、背は六尺二寸と伸びきったうえに総身が筋肉でひきしまる。忙しい合間に一時（いっとき）ほどの時間があれば、小さな山のひとつやふたつ走って越えても息も切れない。

揃って山河を飛び歩く天狗のようであった。

船が岸から離れ、誰もついてないのを直季は確かめた。

「……近いうちに始まるか」

「戦ですか……へえ」

長宗我部の動きを調べに、シゲはこのところ岡豊城に忍んでいた。

船は段々滝にさしかかり、流れが険しくなる。

直季は舟の縁を握って早瀬に身を任せ、シゲも棹を舟に入れて体を低くする。船もろともに、ごうごうくだる水流の、今日の機嫌に身を委ねれば、自然の大きな懐まかせ、戦国の杞憂がこの一瞬だけでも遠のいた。

流れが平らかになったのでシゲは再び棹を挿し、直季も現実に戻った。

「元親様は、阿波と伊予の二方面から四国を攻めとっていくお覚悟」

うむと言って眉をひそめる。

「伊予のほうとなると、幡多やこの吾川、高岡が近い……軍兵の招集が来るだろうな」

「いずれ」

「この平和は……あと、三年か」

「せいぜいが……最後は泥沼。今度は、行きつくところまで行くがでしょう」

「そうか……」

船べりから流れる景色を目で追った。

「上八川はこの十年で豊かになった。ゆきは四人も子を産んでくれ、わたしは、このうえなく幸福だ。小さい国を目指してそれなりにやれた……だが、それもここまでか」

「まだ、三年ありますで」

強く漕いだ。船は俄かにもちあがる。ぐらりと大きく右に傾き、直季は慌てて船べりをつかんだ。

「落ち着いとられる場合じゃねえ」

「シゲ……」

「もっと、もっと豊かになされ。蓄えられるものは、蔵にたんとたんと貯められよ」

「いまでも食料の蓄えは十分ある」

急に漕ぐのをやめた。

「もうじき土佐に大飢饉が来ますじゃ」

「なんと……」

辺りが暗くなる。船が木陰に入ったのだ。シゲは棹を流れに休めた。

「一度なら大丈夫、二度吹き荒れてもまだ持ち直せる。だが、三度来たなら、それで全部がおしまいですじゃ」

「大風（台風）のことか……たしかに三度来たら、仁淀本流が荒れて作物は壊滅だ」

「戦も同じ……申してよろしければ」

「言うてくれ」

「元親様が少しやりすぎをなさっておる。これまでに二万近くのものが土佐で死んだ。いや、この地を平らかにするにはこれも仕方なかろうと、神仏も許された。次は、時を移さず伊予に阿波攻め。土地を耕すものがまだまだ駆り出されていきますで。土佐も広いが四国はまだ広い。土佐中の田畑から、いまでも手が足りとらんのに人が消えていく。すぐには帰ってこれんところに行かされる……間違いなく飢饉になろう。深う考えんでもわかることじゃ。だが、神仏は二度までは許される。さすれば飢饉になっても、最後の三度目まで、元親さまは突き進まれよう」

「ううむ……」

直季はうなった。

「まさに、無間地獄……」

「これも、いくさ馬の定めですき」

「兄上も……光綱さまも、いずれ行かなくてはならなくなるな」

「へえ、そう思いますじゃ。この地なら、遠からず伊予への命が来ましょうな……直季さまには来ますまい。これも、シゲが聞きだしたことで……国親公の甥であられるあなたさまには頼んでもきますまい」

「……ほかの使い道があるからだ」

二人はしばらく黙った。

「よし、わかった。シゲ、これまでにもまして田畑を作る」

「それがよろしかろう」

「兄上の土地の分もだ」

「そのとおり！」

「それから、兵糧もな」

「おお、さすが、よう気づかれた。いまから用意なされ。伊予への手弁当となると、十日、二十日分……一万食、二万食はいりますき。栗や芋、粟や麦、干飯もどっさり蓄えねばなりませんで」

「それから道も整えねばならん。万一兄上が伊予へ出陣となると、上八川をのぼって行くから……」

喉が詰まった。

「……我らにだけ、わかる道をつくる」

「ご名案」

シゲも目をしばたいた。

「礼をいう。シゲ、よう気づかせてくれた」

「なんの……直季さま」

それから二人は久しぶりに、上八川の秋の錦を味わった。

天正四年のことである。

金子の陣

一

四国統一は我が使命。長宗我部元親は彼らしくそう思っている。

だが、今度はいささか勝手が違った。

他国を攻めるということは、長期戦を強いられるということである。この時代、土佐での兵農分離が完成してないことは前にも述べた。元親の軍編成をみれば、一族、一門衆、城持衆など、武士を専門職とするものらが並ぶ一方で、寄子(よりこ)といわれる一領具足も名を連ね、軍勢の大きな部分を占めている。この一領具足こそが、鍬を持つ手を槍に持ち替えて戦うものたちであった。

一領具足は農繁期には戻って自分の田畑を養わなくてはならない。戦闘上でのこの不利は、予想をはるかに超えていた。敵を籠城させて動きを封じ、城ともども城主を潰す持久戦ができないのである。

主たる戦法は、農作物潰しに変わった。

敵地を徐々に飢餓に追いこんで領主を弱める方法である。三月に麦を薙(な)ぎ、五月には苗代(なわしろ)を返し植田を覆して郷に帰り、自分の田畑に作物を植える。とりいれの秋にはまた戦場に出向いて稲を枯らし村に火を放ち、戻れば自分の稲を刈った。百姓の苦楽を知りながらそれを潰していく。一領具足はどんな心持ちで戦ったのであろうか。

いずれにせよこの戦法は手間どるばかりで戦果があがらなかった。敵地と故郷の際限のない往復で元親勢はみるみる弱っていった。

巻きこまれた民こそいい迷惑、生きるのすら嫌になったろう。田畑は潰される。なのに、年貢は増えていく。当時の年貢の比率は六公四民ならいいほうで、二公一民とか七公三民という記録も残っている。

天正六年、シゲの予想したとおり、記録に残る飢饉が起きた。

長雨で洪水が起き、五穀は実らず、疫病が流行って多くの人が餓死したと『南国通記』に記されている。普通に耕作することができていたら、たしかにこれほどのことにはならなかっただろう。

悪いことは重なるもので、伊予攻めの将だった元親の弟・親貞（当時は一条氏のあと中村城主）が突然病没する。代わりに総軍代となった元親の最も信頼する家臣、久武親信まで、宇和郡の戦でほかの将士ともども討ち死してしまう。織田信長に敗退した三好氏は、いまでは信長側について、そちらの対処にも手を焼いている。

つまるところ四国征討は、早くから行き詰まりをみせていたのである。

「だらだら戦ばあしよって」

「いつまでやるつもりちや」

「元親さまらしゅうない」

土佐中のものが言い始めている。

元親自身、一番それをわかっていた。

――わしのせいか。

そんなはずはない。それに、そうしてはならぬ、と思った。

元親への信仰が緩んだら、長宗我部は終わりである。長宗我部が終わるということは、土佐が終わるということである。伊予の河野がやってくるか、阿波の三好が攻め来るか、あるいは中国の毛利、いや誰より自信過剰の織田信長が、飢えたカラスのような目を四国に向けてくるだろう。

そんなとき、この年の十一月だが、伊予の大洲城で城主・大野直之(おおのなおゆき)と元親に敵する伊予の守護・河野氏のあいだで衝突が起きた。

元親はこれを利用した。

妹の夫である波川玄審(はかわげんば)に大野氏の救援に向かわせたが、わずか千二百の兵で当たらせたのである。河野は五千、その河野に与(くみ)する毛利軍は八千の大軍できている。この兵数の差で波川玄審側が勝てばそれこそ奇跡だったろう。なのに、惨敗した玄審に対して元親は「裏切り者」の罪をつくって腹を切らせたのだ。

「波川玄審は常より酒色に耽(ふけ)って領地を治めることを怠った。その結果がこの惨敗である。長宗我部に泥を塗ったうえに、あろうことか、謀反までも計画していた」

玄審に腹を切らせた半年後には、三千の兵を繰りだして波川の居城を襲い、一族を滅亡に追いやった。行き詰まりの責任を義兄弟にかぶせて家の根を絶ち、これを禊（みそぎ）としたのである。

むろん、自分の責任のほうは、これでご破算にした。

「悪根は断ち切られた。この元親を欺（あざむ）く者にはこれからも天罰が下るであろう」

薄い唇から歯が覗くのをみた家臣は震えあがった。

元親は事件をこれで終わらせなかった。

波川玄審の「裏切り」行為に味方したとして、岡豊城の南（大津。大津御所といわれる）に住まわせていた一条内政を追放（毒殺という説もある）したのだ。

――いつまでも一条、一条と言うべからず。土佐ははるか昔から長宗我部が率いている。

そう言いたかったのかもしれない。

だがこれに、信長が文句をつけてきた。

「土佐の国司であられる一条殿を追い払うとは、なんとも無礼。長宗我部元親、なにごとか」

むろん、一条殿など初めからなんとも思っていない。手を出す口実にしただけのことだ。

このころ信長は播磨を舞台に毛利と、大阪では本願寺と泥沼の攻防を繰りひろげている。東国ではかつて宿敵だった武田と上杉が組んでおり、北条は徳川と繋がってこちらはどうやら織田の味方である。

わかりにくい。いや、わけがわからない。

敵にみえていたものが敵の敵となって、利害を原理とした味方なのかもしれない。ならば、敵の、敵の、敵は、結局敵ということか。そのうえ実力をつけた家臣が、いつ自立を企（くわだ）て、離反するかわからない。

本願寺包囲に当たっていた松永久秀父子が信長に離反した家臣の先駆けだが、このあたりから信長はいささか神経を参らせていたのかもしれない。自分もそうだったから、成りあがりたいものの心理がわかりすぎるのである。

家臣の裏切りを異常に警戒し、苛酷なまでの統制をしいていく。

荒木村重が本願寺と組んで謀反を起こしたときも、一度は明智光秀の意見を要れて、村重の慰留策をとるが、不首尾に終わるやただちに居城を包囲、村重本人は脱出したが、残された一族家臣は子供にいたるまで殲滅された。気を緩めても時間がかかるだけだと思い知ったかもしれない。本願寺に勝って、顕如父子も追放した。

播磨や鳥取を接取、伊賀も平定し、甲斐・駿河・信濃・上野を従える武田氏討伐に打ってでる。この勢いで突っ走るしかなかったのだろう。

そんなわけで信長は、マルだかバッテンだかを四国にも入れてきたのだ。

四国はお前の好きにしていいという、それまでの見解などお構いなし、元親には土佐全部と阿波の南半分の領有のみ認めるという命を伝え、信長の三男信孝には讃岐は信孝が、阿波は三好山城守（信孝との養子縁組が知られる）が治めよとの朱印状を発給したのである。

むろん、元親は腹が立った。

というより、腸が煮えくり返った。

土佐一国の統一さえ艱難の連続だった。父の代から五十年以上、先代は地を這いつくばり、自分の代になっても一か八かの勝負に果敢に出て、死に物狂いでここまできたのだ。

信長にはすぐに返答をしなければならなかった。

偏諱を戴いている関係とは本来そういうものである。仰せのとおりにと即答して臣従の礼を示さねばならない。また信長には部下の反抗を万が一にも許さない、いささか異常な精神がある。

だが元親はすぐに頭をさげることができなかった。

「まずい」

信長の重臣・明智光秀はそう思った。

光秀の重臣である斎藤利三は、元親の正妻の実家、石谷家に兄（頼辰）が養子に入っていて、長宗我部とは親戚になる。そうした関係で光秀は、信長と元親の難しい調整役を長年やっていたのである。

急きょ斎藤利三は四国に渡った。元親に説得を試みるためである。信長の軍事力は、みたものは怖気が走るほど強大である。それ以上にやっかいなのは、軍兵が一人残らず信長の意識をいただいていることである。正真正銘の殺戮集団であった。

「戦は避けねばなりません。まず民から皆殺しにあいます。四国が無人になるかもしれませんぞ」

この時四国全部で人口は七十万ほどである。まんざらありえないことではない。

元親はひと月近くも考えた末、ようやく信長の指示に従うという内容の手紙を、斎藤に送っている。

天正十（一五八二）年、五月二十一日の日付である。これが間に合ったのか、そうではなかったのか詳らかではない。

いずれにしても信長は四国征討軍を起こした。

一度でも逆らったとみえたものを許す容量を、もう持っていなかったのだろう。

光秀の面目はまるつぶれになった。

六月二日、明智光秀は四国征伐準備中の織田信長を本能寺で殺した。

――天罰じゃ。

元親は狂喜した。

この年の八月に、中富川で十河存保（そごうまさやす）を破り、この戦から一時行き詰っていた長宗我部の四国征討は再び始まったのである。

これで、一領具足に疲れた体を癒す間はなくなった。鍬をふるう時も与えられなかった。東へ、西へ、あるいは北へと、戦は野焼きのように四国全土に広がっていったのである。


黒煙は片岡にも襲いかかった。

光綱の同腹の弟、直政は、長宗我部が高岡郡を制圧したときに元親の命で他家に去っていたが、もう一人の弟、直近にはこの時催促状が届いて、讃岐に出陣した。功を挙げて帰国できたものの、戦の怪我がもとで天正十年に亡くなった。

加勢の催促が届くたびに十人、二十人と給人たちが出陣し、大半はそのまま四国のどこかに消えていった。

天正十三（一五八五）年、信長の死から三年後、長宗我部元親はついに阿波、讃岐の諸豪族、伊予の西園寺氏や宇都宮氏を降伏させて、四国全土をほぼ平定するまでこぎつけた。

長宗我部氏、絶頂の瞬間であった。

土佐の、いや四国の疲弊は逆に限界に達していたことだろう。

そしてまさに、元親が四国平定をなしたその直後に、今度は豊臣秀吉が、四国征討の軍令を発してきたのである。


信長が本能寺で殺されたあと、光秀を討って主君の敵を屠（ほふ）った秀吉はいくさ馬に乗るものの中で、最も機をとらえ敏に動いた。

天正十三（一五八五）年には、関白という極位（ごくい）に達し、佐渡の金山を押さえて巨富も手に入れる。与（くみ）する軍勢は数十万、総石高は六百五十万といわれる。数は力、力は金、一代で見事な成りあがりであった。

元親の見立てでは、そうなるはずの武将は、秀吉ではなかったかもしれない。

長男・弥三郎（信親）のいうことを聞いて、本能寺の後すぐに、上方（かみがた）を目指しておけばよかったと、一瞬後悔したかもしれぬ。だが、正直四国で手一杯だった。気がつけば秀吉は、信長を超えて膨張している。

悔やんでも遅い。

とりあえず阿波と讃岐を譲るが、土佐と伊予は領有したいと申し出た。秀吉が四国に総攻撃をかける一年半前のことである。

――伊予はやれぬ。

たぶん、伊予を持つことの得を前々から気づいていたのだろう。

伊予は豊後水道から瀬戸内海にかけて、西と北に長い海岸線を有している（海岸線の長さは全都道府県で五位である）。

海岸線。一条氏が栄えていたわけはそこにあったともいわれている。

当時、明朝の使いは、九州南岸から三つのルートを通ってきているが、二つは水の道で、俗に南海路、中国海路といわれている。南海路は九州の東海岸を伝い、途中から東に海を渡って四国に達し、足摺岬を回って土佐の沿岸から紀伊水道に出、堺にあがっていくというルートである。また中国海路は、九州北部まであがって瀬戸内海に出てからは山陽沿岸を進み、兵庫から陸にあがるという道すじであった。

航路にあたるところは、物資も人も行き来が盛んになる。一条氏の領地は土佐の西南海岸部にあり、潮待ちや風待ちのできる港がいくつもあった。土佐屈指の良港と言われた須崎（すさき）も本拠地（中村城）から近い。明国の海禁政策がゆるんだ十六世紀後半からは公然と、それ以前にも半ば堂々と、アジアの物資が一条のもとに流れ入っていたのである。

一条教房（いちじょうのりふさ）は応仁の乱を逃れ、知行国の乱れをみずから立て直すためというよりも、中継貿易で得られる利に敏（さと）かったから、土佐に下向した可能性もあるのである。

豊後の大友氏とも姻戚関係を持って、海道の安全と利益を保ち、伊予の西南部も早くから抑えようとしていたのだ。

――むろん、国ひとつとて、あの猿にやりたくはない。

元親は思う。

――だが、一歩引かねばならぬなら、阿波と讃岐は目をつぶる。

土佐と伊予を合わせれば、どれだけも海岸線が手に入る。遣明船は、瀬戸内海に入ってから、山陽沿岸に向かわせる必要はない。伊予と土佐を抑えていれば四国沿岸に回すことができる。港が足りなければ長い海岸線の中からいくらでも候補地がみつかろうし、船が大きいとなれば海底を掘ればいい。さらに豊後灘や瀬戸内海から唸(うな)るほど魚が捕れる。陸地の面積からいっても、土佐と伊予で、四国全体の三分の二を占める。恩賞に与える土地もいるのだ。

伊予はとられたくない。

――辛抱じゃ。

そう考えた。

都に近い讃岐や阿波ではなく、四国山地の裏手に回るのだ。しばらくは山の陰に隠れてこっそりと、だが着実に、力と財を蓄えて好機を窺(うかが)うのである。

元親はまだ四十六歳である。

阿波と讃岐に、実の子の人質までつけて、秀吉に頭をさげた。

秀吉は拒(こば)んだ。

逆に征討軍の準備を始めた。

それで、元親のせっかくの辛抱も潰(つい)えてしまった。

二十歳の時から「土佐の出来人」と讃えられて山剣の尾根のみを走り、武勇は四国中に轟いている。さげたくもない頭をさげた。それを断られた。

さげるのではなかった。

ただちに白地城（徳島県池田町）に入った。

「ええい、ふざけるな、猿面め。もう、草一本くれてやるか」

四国征討でもおおいに利用したこの地は、周囲の山や谷を自然の要害とし、交通の拠点である。また、来軍が予想される三か所——伊予の新間（愛媛県新居浜市）、讃岐の屋島（香川県高松市）、阿波土佐泊（徳島県鳴門市）までほぼ同距離にあった。

四国の中心から各所に無駄なく軍令を発する。兵数で劣る分は、地形や天候をうまく使うことで補っていく。義に厚く足腰の達者な一領具足たちを存分に働かせれば勝機はある。

元親は酢漿草の旗印をこれでもかと並び立て、軍馬にしっかり乗り直したのである。

二

白地からの急使が片岡城についたのは、天正十三年の六月三十日、梅雨もとうに明けて南国土佐は夏の盛り、ことさら蒸し暑い夜のことである。

片岡光綱は使者を宿所にやったあと、着替えてから、嫡子光政と藤田右馬介、竹内又左衛門、上村孫左衛門の三家老を奥座敷に集めた。

上席の光綱に向かって、右奥には嫡子の光政が座し、家臣らが左に並んだあとは、蝉の声が途絶えた屋外よりも屋敷の中は鎮まった。

領主は一度全員を見渡した。

「伊予へ出陣！」

一声のもとに元親の書状をひろげ、高々と掲げてみせたので、居並ぶものは直ちに平伏した。

「宮内少輔元親さまの命がきた。二百騎を組み、金子備後守元宅（かねこびんごのかみもといえ）殿の加勢にゆく」

「金子備後守殿！」

まっさきに声をあげたのは藤田右馬介である。

「隠れなき元親さまの、東予の大家臣にございますな」

このような戦乱に入って人の行き来が禁じられる前から、この名は人々の口の端にのぼっている。

「新居（にい）と宇摩（うま）のご自分の領地二郡を守るため、元親さまや伊予の河野、その親戚の毛利など、あちこちの大勢力とうまく渡りあっては戦を構えず、ひたすら見事な外交を続けて来られたお方」

そう言うのは竹内又左衛門。先ごろ毛利・河野の連合軍と長宗我部が西予でぶつかった時、片岡も軍兵を負担したが、この又左衛門が三十騎ばかり率いて戦闘に参加していた。

「雑兵をつかまえ、百姓に銭を出してあれこれ聞きだしてみましたが、金子殿のことを悪く言うものは一人もおりませなんだ。長宗我部に降りたと知ってすら、あのお方のこと、さぞや考え抜いてのことだろうと言うものまでおりました」

光綱もうなずく。

「わしも、金子備後守殿のお噂は聞いておる。領地が平らかなることを第一にお考えになる、すぐれた領主だそうだ」

「亡き茂光公、そしてお屋形さまと同じにございますなあ」

右馬介は両手を組む。

「……そのようなお方が四国にまた一人おいでとは。しかも、まだ三十五歳になられたばかりだとか」

上村孫左衛門は頬を紅潮させた。

「なんと、若い……これは、お会いするのがいよいよ楽しみでございますな」

重臣たちが口々に勇みだって言うのを、光政は黙って聞いていたが、

「父上、毛利はもう渡海を果たして、新間（新居浜）についたのでございますか」

と、ついにたずねた。

元親の書状を床に広げて置いてから、光綱は嫡子に目を向ける。

「お使者は秀吉が軍令を発して今日で二週間だと言われた。今ごろは新間に達しておるかもしれん」

父に躙(にじ)り寄る。

「父上。お使者の申されたことを、どうかすべてお話しください」

重臣らの表情が硬くなる。右馬介も目を閉じた。

よい話でないのは、最初から察しはついている。秀吉軍が巨大であることぐらいは、わざわざ聞か

されなくてもわかっている。

ただ領主の前で、領主の気持ちを慮り、強いて弾んでみせたのである。

この戦いに光綱がみずから行くであろうこと、それを止められぬことを、右馬介をはじめ居並ぶものの皆が知っている。

今度という今度こそ、長宗我部の命運がかかっている。そんなときに長宗我部の禄を食み、姻戚という深い関係まで持ちながら、当主が戦闘に参加しない、あるいは代わりをたてるなどということは、武の矜持に生きるもののすることではなく、ましてや片岡光綱ならどう動くかということぐらい、家臣なら誰もがわかっていたのだ。

このとき光綱は、真っ白な麻の装束を身に着けていたのである。

その目が、不思議にやわらかく緩んでみえたのは、光政の気のせいかもしれない。なぜなら、そのあと光綱の口からでた話の中身は、右馬介の想像すら超えていたからである。

「詳しくはこうだ。秀吉は去る六月十六日に四国征討の軍令を発した。総指揮は弟の羽柴秀長、三万の軍勢で阿波にあがり、羽柴秀次の三万がそのあとに続いて、木津城（鳴門付近）に攻めよせてくる。また宇喜多秀家、黒田孝高、蜂須賀正勝らの二万三千が屋島から髙松城に向かっている」

光綱の声だけが部屋中に響いた。

「……また小早川隆景、吉川元長の毛利勢三万が、三原（広島県）を出て瀬戸内海に入った。佐木島、高根島、生口島と、連なる島々を左手にみながら大三・伯方両島の海峡を抜けて鵜島に達し、そこ能島城で加勢を得る。千数百になった船団が大島を越え来島海峡に向かい、来島城に居る水軍をさらに集めて、七月を待たずに伊予へ攻め入るであろう」

　光政の首筋を汗が伝った。

「どうだ、光政、話はまだ半分」

「はい……それから」

「……元親さまは白地のお城で軍令を出され、それに応じてすでに花房新兵衛殿が五十騎を従えて先発した。これは明日にも新間に達するということである。また四国山地に散らばる一領具足のなかに、五騎、十騎と自ら進んで小軍を組織し、伊予に向かったものも多数いる。さらに本川の高野義光殿は元親さまから特に命を受け、二十騎に雑兵三十名を従えて、要の支城・高尾城に籠城した。金子軍は総勢二千余。我らは直ちに義兵をあげて後続支援にゆく。わかったか」

　光政はうなずいたが、言葉は失われたままだった。

　また右馬介を筆頭とする三人の家臣も、あるものは唇をかみしめ、あるものは目を閉じて、片岡城の奥座敷はふたたび異様なほどに静まりかえったのである。

「……金子城であるが」

　そのなかで光綱だけは眉一つ曇らせなかった。

「金子備後守殿は今回の陣に備え、海からの防御をいっそう固められた。昨年より元親さまから御資金あり、数か月かけて防御の工事を行われたという。高い土塁を何重にも巻き、山肌には堀が深く刻まれた。海岸線には厚い土の壁が築かれて海砂は岩や泥に替えられ、瓦礫が大量に撒かれた。また御代という間近の島（現在は陸続きで新居浜市惣開町）には加藤民部正を将として鉄砲隊が詰め、後ろに控える名古城の野々下右衛門とともに前を固めている。金子本城を守るため、ここからの毛利の上陸を決して許さないお覚悟なのだ。どうだ、金子備後守殿の気構えが目に浮かぶようではないか」

右馬介は、その光景を頭に描き始めた。

「備後守殿は、海で焦らされた毛利の船団が、ついには流れこんでくる場所を新間の西端とみて、そこに将兵の多くを集めた。元親さまの白地の本営から少しでも遠くを戦の地にしようとなさったのである。今はなかでも要の高尾城に家臣七百騎とともに籠られておる。目が眩むほどの大石鎚に後ろを守らせ、前面は剣山城、丸山城、里城、高峠城の各支城が海との間に立ちはだかって、御領主をお守りしているのだ。想像してみよ。まさに東予一の要害。これほどすぐれた計略をもつ金子備後守元宅勢とともに戦えるのは、我ら片岡、千年の誉れである」

ううむ、と家臣たちは声をあげる。

「たしかに、たいしたものでござる」

藤田右馬介も感に堪えず、深くうなずいた。

「地形を利用され、防御を施され、主たる陣地を西に移動されて、そこを強化された。兵力で劣るところを補って、じつに見事な守りの壁を、短い間に築かれたものだ」

「……とはいうても、相手はかの小早川隆景。しかもいまは夏の真っ盛りでござる。今年は例年にまして暑く、土佐でも死人が出ておるほど。たて籠るなど、二日でも拷問に近い」

竹内又左衛門がそういえば、上村孫左衛門が唇をかみしめる。

「そこが秀吉の策。真夏を選んで四国に攻めてきた」

「だから、我らが行くのであろうが」

光綱が引きとった。

「水と食料を持てるだけ持ちこめよ。金子勢も喜ぶぞ」

「父上」

黙って聞いていた光政が口を開いた。

「つまりは、金子勢二千余に、花房殿などの援軍は合わせてもせいぜい百から百五十、それを我ら二百が後続支援。そのあと長宗我部からの支援はなく、これだけの数で、つまり三千にも満たぬ人数で、三万の毛利軍に向かうということですか」

「そうだ」

「父上、我らには、その二百の軍兵すらおりません」

声が絞りだされる。

「これまでも、元親さまの言われる数だけ、四国のあちこちに軍兵を出してまいりました。そのものらは、まだ半分も戻ってきておりません。そのうえこの数を揃えるとなると……鎧もなければ槍もなく、太布しか着るものを持たない百姓に、因果を含めて胴丸（胴だけ守るように作られた雑兵用の武具）を与え竹槍を持たせて、軍に加えるしかないのです……元親さまは」

息を継ぐ。

「そのような民までも、片岡勢に加えろと申されているのでしょうか」

「光政、わかった」

領主は、静かに制した。

「我ら片岡は上八川から樅（もみ）の木山、本川から寺川を北上、それから桑瀬（くわぜ）峠を越える「桑瀬越え」で伊予には十九里（約七十五キロ）、最も早く達することができる。このような地の利をみて、元親さまは我らに命を出されたのだ。また、まとめたばかりの伊予の味方は、毛利の兵力をみるやあちらについて逆に金子殿を討つかもしれん。光政、お前も元親さまから「親」の字を頂いて親政と名乗る者であろう。我らは元親さまの信頼に値するということだ。あっぱれであろうが。もう、それ以上は言うな」

それから光政の前に元親の書状を広げた。

「誰の字かわかるか」

あっと小さい声をあげる。

「これは……父の字に、ございます」

実父、近沢将監祐清（ちかざわしょうかんすけきよ）は元親の祐筆である。白地城で、命に応じてこの書状を清書したのである。

「やはり、そうか……近沢将監殿は、土佐一と言われる強弓の人。さらには、まことに達筆であられる……光政、お前のいる片岡宛にこの書状を書いた将監殿こそが、誰よりも苦しかったであろう」

そう言われて光政は目がしらが熱くなった。

「皆も、よいか。これはここにいる我が嫡男、光政の父上、近沢将監殿が書かれた。知ってのとおり、将監殿は、筋を通すことにおいては命を賭す、まことの武士である。このことこそが、この使命こそ正（せい）のもの、長宗我部元親さまが命を懸け、四国を脅（おびや）かす不届きものに全霊で挑んでおられるなによりの証(あかし)である」

皆、無言でひれ伏した。

そして、それぞれこの時に、命の覚悟を決めたのである。

右馬介は切れるほど唇を噛んで武者震いに耐えた。

書状をまた床に置いてから、光綱は皆を見渡した。

「むろん、戦に向かうのは我らのみ。民は一人でも多く生き残らねばならん」

右馬介をみる。

「兵をかき集めればどれくらいか」

「百五十ほどでござる」

「よし、それで参ろう。出立は明後日、七月二日の到来と同時。又左衛門、孫左衛門、それまでに手筈を整えよ。行け」

二人の後を立ちかけた藤田右馬介を、光綱は呼びとめた。

「待て、右馬介。お前は戦には行かぬ」

「……今、何と仰せられました？」

「お前は行かぬ。そう申した。お前はここに残って留守居をせよ。光政とともに片岡の領地を守るのだ」

「留守番など誰でもおりましょう」

信じられない思いで、藤田右馬介は光綱の前に座り直した。

「お屋形さまとともに参ります」

「だめだ。お前は連れていかぬ」

「連れていかぬと申されても、勝手についていく所存」

光綱は首をゆっくり横に振った。

ことの次第がわからず右馬介は、しばらく呆然とした。

「な、なぜでござる」

「何度も言わせるな。お前は留守居」

「なぜ、拙者はお屋形さまと参れないのです。お屋形さまとともに戦えないのです」

領主は目を閉じた。

「なぜ……拙者は、お屋形さまのおそばに……お仕えできないのでござる」

ついに両目から涙が盛りあがってくる。

「今日まで、お屋形さまのご命令はすべて聞いて参った。だが、今回は、今回だけはどうにも無理でござる。拙者もどうか、ご一緒にお連れくだされ」

平伏して言葉を待ったが、光綱は目を閉じたままである。

「お屋形さま……なぜで、ございましょうや」

顔を持ちあげたとたん、両目から涙がこぼれて膝を濡らした。

「藤田右馬介。お前はわしの、片岡光綱の第一の家臣である」

右馬介は膝を握りしめた。

「これは、わしのたっての頼みじゃ。光政を守り、立派に片岡本城を守ってくれ。それができるのは右馬介、お前しかいないのだ。お前が残ってくれなければ、わしは安心して出陣できん」

脣を噛みしめ体を震わせて必死に嗚咽に耐えていた右馬介だったが、とうとうこらえきれずにグググと喉が鳴った。

「右馬介」

「……頭では、なるほど、わかり申した……だが、だが……わかり申したと、この口がどうしても申さん」

光綱も目の奥が熱くなった。

「のう、右馬介。お前はゆきを連れて帰った時、わしに無理を言うたな。覚えておるか？　今度はお前がわしの無理を聞く番じゃ」

思いだして目を細める。

「……あの時、お前は懸命にわしを説得したな……ああ、なんと、懐かしい、愉快な思い出であろう……さあ、右馬介、わしの言うことも聞いてくれ。あいわかったと言うてくれ。右馬介、さあ、さあ」

「あい……あいわかってござる」

「よし、よう言うてくれた」

領主は微笑んだ。

「では改めて、藤田右馬介。お前に城代家老を申し渡す」

両の手の平で顔を何度も拭ってから、右馬介はようやく領主に平伏した。

そばで光政も目をこすった。

「二人ともどうした。天の味方があるかもしれんぞ」

領主は軽やかである。

「今日まで土佐の山奥で、片岡がこれほどに栄えたのは元親さまのお陰。そろそろお返ししてもよい時。さあ、話はすんだ」

光綱の前を辞して廊下に出た二人は、そのまましばらくは動けなかった。

泣き腫らした顔を人にはみせられなかったのである。


翌朝早く、片岡城ではまたひと騒動が持ちあがった。

上八川の直季が、百名の直参を引きつれて突如やってきたのだ。

「我らをお連れください、お屋形さま」

覚悟の白布を額に巻き、睨みあげてくる直季をみて、光綱の胸は熱くなった。

「この、愚かもの！」

しかし、声はそう怒鳴っていた。

「片岡をつぶす気か。お前に出陣命令など出ておらん」

「では、今、お出しください」

「元親さまの命を違えることなどできん」

「兄上さま。やはり私には、これ以上、無理です」

目をいっそう吊りあげる。

「兄上ばかりが苦しまれ、私は百姓をして生きながらえる。それでも、それこそが我が務めと、精いっぱいやってまいりました……しかし、今度ばかりは……三万の兵を相手に三千足らずで立ち向かえとは……さすがに辛抱なりません」

こう言った。

「長宗我部のしたことの責任は、この私がとります」

その時の直季の顔はまるで鬼のようで、光綱すら一瞬ひるんだ。

「お連れくださいますか？」

「誰が、連れてゆくものか」

光綱も大声をあげた。

「おお、なるほど、こういうことか……これが、長宗我部の罪滅ぼしだというのか。長宗我部の血をひくものの、せめてもの償いだと」

目が見開かれる。

「勘違いするな！　わしは、長宗我部に従っているのではない」

声は屋敷中に響いた。

「我が父、茂光公に従っているのである。この地を守れ、民を守れと言われた父に従っているのだ。長宗我部など関係もない」

直季に言い渡した。

「お前も片岡に生まれたのなら、片岡の家訓に従え！」

「兄上さま……」

弟の目から涙が溢れ出した。

「ま、まことに……申しわけございませぬ」

「お前の、今日の不用意な行動について謝るのであれば、そのまま聞きとげてやる」

その時、それまで後ろに居並び、平伏していた直季の直参たちが急に頭をあげ始めた。

「怖れながら、片岡の総領さまに申しあげます」

一人が声を出した。

「片岡から出陣したものが百五十人だったということが、後で元親さまに知れると、片岡に災いが来るのではないでしょうか」

「二百人というのを違（たが）えたと」

「人数を減らしたとけちをつけられたらなんとされます」

「波川玄審のように、一族もろとも滅ぼされるともかぎりません」

光綱は小さく唸った。

「我ら、総領さまから上八川さまに出陣のお許しがでるとは、初めから思っておりませなんだ」

「な、なんと」

直季も驚いて後ろに並ぶものに振り返った。

「そ、そうなのか……では、なぜ」

「代わりに我らをお連れください」

「総領さま。どうかお聞き入れください」

直季にかまわず、直季の家臣は次々に声をあげて光綱に請うた。

「上八川さまのお気持ちもお考えくだされ」

「どれほど苦しいか」

「どう生きていけばよいと申される」

「どうか、総領さま」

「どうか」

「どうか」

そう言って、全員がひれ伏したのであった。

光綱は言葉を失った。

しばらくして直季が頭をあげた。

「兄上さま、私の家臣の気持ちをお汲みくださいますか」

ようやく総領はうなずいた。

「あっぱれ、見事じゃ。では、五十人のもののふども、わしとともに伊予に参ろう」

歓声があがった。

だがその五十人を決めるのがまた大変であった。我が、我がと一人も譲らず、最後は籤（くじ）をこしらえてやっと決まったのである。

そのあとで、光綱は直季をひとり茶室に呼んだ。

藤田右馬介とともに嗣子、光政を助けること、その光政に万一のことあれば、光政の二人の子ども——熊之助と久助といった——の養育も申し渡す。対して直季は、伊予に持ちこむ兵糧は全て上八川が整えると申し出た。

「これは私の専門でございますれば、兄上もお聞きとどけなさるしかございません。長年百姓に励み、土地も増やし、この日のために蓄えました」

「なんと……それは、ありがたい」

「二万食はございます。いま民が総出で、なるべく遠くまで運んでおりますので、明日兄上はそこまで手ぶらでお進みください」

「おお……では、そこまでは、我が軍は飛ぶように行ける」

「また我ら、近道を作りましてございます。先導申しますれば、樅の木峠までも飛ぶように進めましょう。これで伊予への到着が一日以上縮まります」

光綱は感心のあまり、しばらく声が出なかった。

「……お前をすぐれたものとは思うておったが、まさか、これほどとは思わなんだ」

「国とは土地と民、我らのなすことは民福のみ。兄上さまのこの言葉をわが言葉として、上八川は生きたにすぎません。仁淀の民は、兄上さまを敬うあまり、わたしが言わぬうちから伊予への道を作りだしておりました。すべては兄上さまのお教えにございます」

領主は、やや久しく口を閉じた。

「……我らの生き方は、仁淀の民にも伝わっておったのだな」

「御意」

平伏した顔を持ちあげ、直季は兄に白い歯をみせた。

「我らが作った酒も五十樽ほど持ち込みます。金子勢の勇者の皆々様に差しあげてくだされ」

「おお、直季、あっぱれなり！」

光綱は膝を大きく打った。

「わしはいま、神の声を聞いたかと思うた」

「兄上さま……」

「お前の兄、直春も、先ほど出陣を請いに来た。あれも長ずるに従いずいぶんとたくましく成長してくれた……だが」

二人にしかわからない目の輝きを直季に向ける。

「お前が片岡の支えである。今までもそうだったが、これからもである」

平伏して応える。

「直季、生きよ。生きてくれよ」

「はい」

目を拭いているあいだに、領主は例のごとく茶の支度を始めた。

「……お前は、今回わしの傍で死にたかったのであろうが」

ゆっくり茶碗に湯を注ぐ。

「わしは、一度お前を死なせたのかもしれん」

冷たい柳瀬川に、兄が弟を飛びこませた遠い昔を、二人は思いだした。

「人一倍頑丈だったから、お前は肺を病まずにすんだ。すでに泳ぎが巧みだったから、流れに呑まれずにすんだのだ。すべてはお前の力、それでわしは救われた。そして、お前はそのあとも片岡を救ったのだ」

「兄上さま、もったいない」

敬慕の念があとからあとからこみあげる。

「そうだ、お前に感謝されていいことがひとつある。右馬介の頼みを聞いて、ゆきを片岡に住まわせたのは、この光綱だ」

ふざけるように笑ってみせたので、直季も泣き笑いの顔になった。

「いかにも、兄上さま。直季は日の本一の果報者にございます」

光綱は直季の前に湯気のたつ茶碗を置いた。

「ゆきは、息災か」

「はい」

一礼してから茶碗を手にする。

「今日、お前のすることを聞いて、ゆきは何と申した」

「自分も同じことを考え、兄上さまにお願いに参るでしょう、と申しました」

「ううむ……」

飲みほしてから、茶碗を置き、また一礼した。

「心はいつも、私とともにあると」

「誰もそこまで聞いておらぬ」

笑って茶碗をとりながらも、感に堪えない。

「なんと強い。あのようにたおやかな姿でありながら」

「たおやかな人ほど強いのかもしれません」

光綱は目を閉じる。

「女に生まれる不幸をわしは思うていたが、どうして……その強さには、ほんに驚かされる」

久しく黙った。

「直季、わしも最後にひとつだけ勝手をする。お前にはそれだけ言っておく」

直季は頷いた。

「シゲは、要りようですか」

今も茶室の外に潜んでいる。

天性の勘に、光綱の頬が緩んだ。

「そうだな……では、一日借りるとしよう」


真夏の昼下がりだというのに、瑞応寺の書院は緑に包まれ、柳瀬川で冷やされた心地よい風が吹きこんでくる。

理春尼はひとり縁に座っていた。

けさ早く、片岡に出陣の命が入ったことを小者が伝えてきた。

理春尼は体を清め、神仏に手を合わせた後、ずっとこうやっているのである。

身じろぎもしない。

胸には得体のしれない予感があった。

「何かあるとすれば今日」

そうとだけ頭が告げる。

それ以上は考えないで、理春尼は人を遠ざけ、こうして表に向かって座しているのであった。

人の近づく気配がする。

「長いあいだ、お待ちでしたか」

その声はあたりまえのように響いてきた。

「はい」

声に向かって答える。

「ずっと、お待ちしておりました」

声の主は理春尼の隣に座った。

「私はじきに出陣いたします」

「存じております」

「もしかしたら、戻れないかもしれません」

うなずいた。

「母上さまに申しあげます。今日まで片岡のために、数々のご苦労、領主として感謝申しあげます。子供として十分なことができませなんだ。どうか、お許しください」

「ご領主さまに申しあげます。この地で長らく大事にしていただき、ありがとうございました。また、長宗我部から来たものとして、片岡に十分なことが出来ませんでした。どうか、お許しください」

二人はしばし黙った。川からの冷えた風が二人をひとまわりしてすぎていく。

「理春尼殿」

静かに告げる。

「実は理春尼殿から、ある方に私の気持ちを伝えてほしいのです」

膝に置いた指先が思わず震えた。

「……お受けいたします」

「私は……ある方を、好きになりました」

理春尼は目を閉じる。

「その方が傘をはずして私に頭をさげられ、そしてあげられたその時から、私はそのお方を、好きになっておりました。それは思いを遂げられぬ恋でございました」

尼の閉じられた目からすうっと涙がこぼれおちていく。

「……その日から、四十年間、私は心の中でその方だけを大切に想ってまいりました。これほど人を想うことができて、人生に何の悔いもありません。私はこのうえなく幸せであったと、そのお方に伝えていただけませんか」

「その方もそうでした」

頬を濡らすものを拭こうともせず、理春尼は前を向いたまま答えた。

「……お会いした瞬間から、どうすることもできませんでした。ただ、胸の奥深くその思いを燃やし続けてきたのです。その方もこのうえもなく幸せでした。かならずお伝えいたします」

二人はしばし、竹藪のむこうを流れる夏の川をみつめた。

それは一時（いっとき）だったのだろうか。それとも長い時間であったのか。

もしかしたら、永遠と呼べるものだったかもしれない。

二人は永遠にこの時を胸に刻んだのである。

「いつまでも、お健やかに」

声の主は、静かに立ちあがった。

「ご武運をお祈りいたします」

気配が消えた。

あとにはシゲの川船が、岸を離れる音だけが響いてくる。

目を閉じて、胸いっぱいに空気を吸ったとたん、蝉の声が大きく響いてきた。

天正十三年七月二日の真夜中に、片岡下総守光綱は二百の手兵を率いて、上八川から北上、四国山脈を越えて、伊予の戦場に向かった。

途中からは直季の直参が道案内をして、隠された近道を通った。それが真夏の行軍を楽にし、思いのほか早く新間に着かせたことはいうまでもない。

片岡の領地のあちこちでは、民という民が薪に火をつけて道に出た。一説には赤ん坊と病人以外家に残ったものはなく、その数は三千をはるかに超えたということである。

民たちは、片岡の領地が終わるまで、行軍をずっと照らし続けた。中には家の蓄えを持ちだして差しだそうと構えているものもいたし、竹をつないだ胴を巻き鉄の爪をつけた熊手を持って、ひそかに加わろうと考えているものもいた。

しかし、軍馬のいななきとともに、光綱勢が駆け寄せてくるその威勢に全身覆われるや、腰が砕けて皆その場にへたりこんでしまった。

光綱は何回か歩みをとめて声をかけたが、その気高い立ち姿に、みたものは一斉に手を合わせた。

「見送ってくれるのか」

誰ひとり声も出せず、手をこすり合わせた。

「いってくる。身体を大事にせよ」

人々は、ただ涙を流して、その後ろ姿を見送った。

三

天正十三年七月二十四日、三原の本営にいた毛利輝元は、安芸本城の留守居に向けて、金子の陣の詳細を書き残さないように命じた。

名高い戦略家・小早川隆景を将とする三万の精鋭が、三千にも満たない四国勢にかきまわされて思わぬ苦戦を強いられ、白地から遠い伊予の地に二十日近くも釘付けにされたことを記録として後の世に残したくなかったからだといわれている。

豊臣秀吉は、戦いをつぶさに知ったあとで、小早川、吉川両将をようやく誉めた。

「なんと、四国勢はたいしたものじゃな。その人数で、よくも三万の足止めをしたものよ」

それほどの戦いが、戦国時代の新居浜であったのである。

片岡光綱の軍勢二百は、七月四日夕刻に滝の口（金子城の裏手）の砦から金子城の大手門に入った。

「ほんとうに援軍か？」

金子本城を任されているのは、金子備後守元宅（かねこびんごのかみもといえ）の弟、金子対馬守元春（かねこつしまのかみもとはる）である。

元春は、中央出丸の陣幕にいた。背中にお家の旗（三つ蜻蛉）を立て、床几に座って軍配を握りしめたまま、半時（はんとき）もおし黙っていたのだが、知らせを聞くや思わず声をあげた。

いまさら助けがくるなど、思ってもみなかったのである。

すぐさま軍配を放りだし、兜や置袖などを脱ぎちらかして、三の丸まで息もつがずに駆けおりた。

まだ三十歳の若者である。

三の丸に続く大池のはたでは、ついたばかりの片岡の兵たちが、着到帖に名を記したあと、馬に水を与えたり、持ちこんだ兵糧を金子勢に振り分けたりと、慌ただしく動きまわっていたが、片岡光綱だけは馬印持(うまじるしもち)とともに一人離れて悠然と地面に降りたっていた。命を覚悟しての援軍、しかも真夏の山越えは苦労の連続であったろうに、みじんも感じさせぬ涼しげなたたずまいをみて、若い城主は胸がいっぱいになった。

「片岡下総守さま」

走りよった。

「金子元春に、ございます」

「おお、あなたが金子対馬守殿ですか」

顔をほころばせる。

「片岡光綱にございます。お会いできて、これほどうれしいことはありません」

「何を仰せられる……遠路、まことに、まことに……」

そのあとは言葉にならず、元春は、ただ深々と頭をさげた。

「いやいや、頭をおあげなされ。見事な守りではござらんか」

ぐるりとあたりを見渡した。

「ご家老から聞きましたぞ。丸三日も毛利軍を海に留めおいて、一人の上陸も許さなかったそうですな……はるか沖まで泥を埋め、逆木(さかもぎ)(とげのある木の枝)を波打ち際まで一面に積んだうえ、数町ごとに並べた櫓船には、火矢をかまえ火縄をたずさえた兵を隠して、海岸線に一里に余る防御の壁を造ったとは……まったく感服いたしました」

「ありがとうございます」

また頭をさげる。

「たしかに、御代島からの上陸は阻みました……ですが、策はこれきりです」

正直に言った。

「毛利軍は二手に分かれ、小早川隆景の東軍一万が、垣生（御代島城の東約二キロ）から七月二日に上陸しました。西軍二万もじきに上陸し、我が兄のいる高尾城を攻めにかかることでしょう」

「毛利軍とて馬鹿ではない。御代島からが無理とみれば、どこかみつけていずれはあがってきます」

二人は三の丸から中央出丸にのぼった。

「我らは、金子本城の守りにも力をつぎこみました。ご覧のとおり、二重三重に土居構えに荊を巻き、矢狭間塀を張り巡らしました。崖を切って大池を掘りました。城の左右から海に延びる川には逆木をびっしり仕込み、橋頭保を築きました。兄が居る西の高尾城もそうです。石鎚山を裏の守りとし、四つの支城に軍兵が詰め、敵の攻撃に備えています……ですが」

唇を噛みしめる。

「上陸されたら、あとは数が物をいいます」

敵は三万である。

「金子対馬守殿。毛利勢はこの地に上陸できず、場所を変えさせられて、海上をうろうろさせられた。

六月二十七日に最初の軍船が現れたのだから、三日どころか丸五日だ……そうですな」

「はい」

「それこそが、兄上・備後守殿の計ではありませんか。私が聞き知ったのは古今稀にみる防御の策。長宗我部元親様の白地本営に、毛利軍がたどり着くのを一日でも遅らせるという大いなるものです。元春殿は兄上のご期待通り、七百ほどの手勢で見事にそれを成し遂げられた」

「だが、これから先は……もう明日をも知れぬ」

穏やかな光綱のまなざしに、つい弱気を吐いていた。

「お疲れとみえる。明日は明日です。今宵はひとつ、我らが持ちこんだ兵糧で酒を酌み交わし、少々息を抜くとしましょう。皆をひと時楽にしてやってくだされ」

その夜、金子城では上八川の酒や食料が振るまわれた。伊予の兵と土佐の兵が混じりあい地元の言葉で語り合う。大きな歓声がどっとそこここから沸いている。

中央出丸の櫓の二階にはちょっとした隠れ桟敷が作られていて、鎖で守られた物見窓から下界を見わたすことができた。光綱と元春は二人きりでここに座している。下には光綱の重臣竹内又左衛門と上村孫左衛門ほか片岡勢十数名と元春の近習十名ほどが詰めて、二人を常に守っていた。

砦ごとに焚かれた篝火は夜空の星より数多く、新居浜の地をあまさず照らし出している。波打ち際の荊築地には薪が隙間なく燃やされて、それがみごとに婉曲しながら光の海岸線をなしている。海に近い支城・名古城も、その奥の御代島にある島からも遠篝が昼より明るく輝いて、金子の旗が誇らしく風を含んで舞っている。揚がりに揚がった軍の気勢に満ちあふれていた。

明日のゆくえはわからない。

というより、早ければ夜明け前か、遅くとも日の出とともに、金子城への本格的な攻撃が始まるだろう。毛利の東軍は昨日までに、東方にある支城、富留土居城や渋柿城、岡崎城など残らず攻略し終えて、光綱の到着前には、金城本城の東を流れる金子川の岸に偵察兵数十名を送りこみ、こちらの状勢を調べている。そのほとんどを討ち果たしたが、生き残って戻ったものがこちらの有様を伝えているだろう。

毛利は出遅れて焦っている。一度あがったからには一気に叩きたいに違いない。

二人はしばらく黙って座していたが、急に元春が、

「片岡さま、ここだけの話をしてもよろしいか」

と問うてきた。

うなずく。

明日からは毛利とのおおいくさ。明後日までの命も知れない今、最後の宴を結ぶ相手とは、深い宿世があるのである。

「……今でも目を凝らせば、本州がうっすらとみえるでしょう。私は子供のころから、毛利の大軍がいつもあそこから見張っているような気がしたものです」

「なるほど……たしかに、ここにおればそう感じますな」

「……石鎚の山険が北は守ってくれるだろう。だが東は香川や羽床らが、西は河野に西園寺。我らはこの地に住んで、周りの力と様々な取引をしながら、ようよう生きてまいりました」

領地と領民を守るために様々な取引をしてきたのは片岡も同じ。塩を少し口に含みながら光綱は聞きいった。

「……兄の元宅は、長宗我部元親さまと小早川隆景殿のお二人を武将として敬っております。隆景殿も武勇に優れ、知恵者でもあれば、人物も大きい」

「そう聞いております。残念ながら土佐の山奥の田舎者には、接する機会はありませんでしたが」

「……秀吉が強大になり、毛利輝元が攻防の末、天下の勢いに屈したとき、弟の隆景殿からお使者がありました。口頭で文書は残さないかたちでしたが、こちらにつくようにと誘いがあったのです。すでに元親さまと主従の誓いを果たしている兄は、金子元宅に二君なし、と即座に断りました。小早川隆景殿を尊敬するが、それと秀吉に依るのとは違う。私もそう思います……ですが、兄の理由は今一つ」

海の果てを睨む。

「上方の、四国を見くびるにもほどがある」

ううむと、光綱は目を見開いた。

「……上方から、本州からみれば、四国などただの辺鄙な島の寄せ集め。上古の昔より、都で用済みの者を落としていく、あるいは命を狙われたものが山影に身を隠す、暗く混沌とした場所にすぎないのです。住む者に文化なく、白米も知らなければろくな衣服も持たず、ひたすら貧しくみすぼらしくて、わざわざとりあげて語る値打ちもない。上方はおおかたそんな風に四国を思っているのです。小早川隆景殿とて、本州の人。四国に住むものの、積年の思いは決してわからない」

「追儺（宮中の鬼払いの儀式）でも、疫鬼を払うのに『東は陸奥、西は遠つ値嘉（五島列島及び平戸島諸島）、南は土佐、北は佐渡より彼方』と謳われるそうな……伊予は、土佐とは違って上国です」

「そういうことも上方が勝手に決める……片岡さま、我ら四国のものは皆、石鎚の霊峰から流れでる水を飲んでおります」

おお、と光綱は声をあげた。

「そのとおりです。吉野も四万十も我が故郷の仁淀も、そしてこの地も川もそうじゃ。我らはみな、同じ水で生まれ育った」

さっそく直季の酒を元春の杯に注ぎ、自分の杯も満たした。

「これは我が故郷の酒。同じ石鎚から流れでた水で作られたもの。どうかともに杯を空けてくだされ」

二人は同時に口をつけ、同時に飲みほした。

「美味しゅうござる」

「弟の村がつくりました。我が弟、直季は百姓をしております。ここでこうして飲まれたことを知れば、どれほど喜ぶかしれません」

「そうか、百姓を……」

しばし口を結んだ。

「もう一つ、お話がございます」

「何なりと」

「兄は武勇の人、優れた統治者です。この陣の前に家臣を集めて、妻子を哀れに思うものはすぐに立ち去ってよい、決して恨まないからと皆に問うたのです。誰ひとり去りませんでした。それほどまで家臣は兄を慕っています。私もまた全霊で敬うております……私には、兄のような強さがありません」

「何を言われる。これほどの守りは後の世に必ず伝えられよう。元春殿は古今稀にみる武将であられる」

「片岡さま、聞いてくだされ」

元春は盃を置く。

「……一里にわたって海岸に荊の土居構えを造ったのです。海には木屑や岩をこれでもかと放り投げ、汚物で砂浜を潰していきました。それを我らは、我らの民としたのですよ。民は総出で」

涙を浮かべた。

「……民は、自分の手で、海や浜、それから土地を汚していったのです。私は辛くて情けなくて仕方ありませんでした。民の生きる場所を、民の手で潰させる。これが領主のすることですか……片岡さま、私はいつも、こういうことがひどく辛い。民を守るなどといいながら、面倒しかかけていない。そして家臣も、主君への義ゆえに死んでいく」

「元春殿……」

目頭が熱くなった。

「民や家臣を養いたいと願いながら、土地を戦場にしなくてはならなかったのですな……だが、元春殿、あなたは強い」

「私が……どうして」

「民の声を聞こうと、民の思いを知ろうと心を開いておられる。それができるのは強いからです。普通のものは自分が壊れるのが怖くてそんなことはしない」

元春はしばし黙った。

「そんな風に考えたことはなかった」

「そういう人を知っています」

思いだして笑みを浮かべる。

「我が家臣の藤田右馬介がそうだ。相手を想ってすぐ涙を浮かべる。弟の直季がそうだ。言う前になんでも見通してしまう。直季の妻に我が母もです。微笑んでいるだけだが実はなんでもわかっている」

盃を置く。

「生きるということは楽ではありませんな……元春殿」

顔をみた。

「ひとこと言わせてくださるか。もし、この戦で元春殿が生き延びたなら」

「もとより、生きのびる気などありません」

「いや、それはあなたには必要ない。私は生き延びてはならないが、あなたは死ぬ必要はないのだ。あなたは当主ではない。いまそれをはっきり言っておきます」

この声は大きくて、下に詰める家臣らにも届いた。

——ご自分の死は是としておられる。

竹内又左衛門はこぶしを握りしめた。

光綱は言葉を続ける。

「……むごい物言いなら、お許しくだされ。だが、やはり今言わねばならん。もし、もし万一生き延びたなら、元春殿、今度はどうかわが弟のように、民のために生きてください」

しばらく黙っていたが、やがて前に手をついた。

「はい」

「この戦いで死ななくてはならなかった多くの御霊（みたま）を弔ってくだされ。民とともに、伊予のこの地を元の豊かな土地に戻してくだされ。それこそが元春殿の天命です」

「片岡光綱さま」

平伏した。

「仰せのとおりにいたします」

「善き人に出会えてよかった。これも直季の酒の力か」

二人は笑いあった。


翌日から激しい戦いが始まった。

毛利軍はまず東から攻めてくる。雲霞（うんか）のごとくとはこのことか、末尾がみえない兵の数である。たちのぼる土埃であたりは暗くなり、旗印は甍のごとく重なりあう。数千の怒号は耳を劈（つんざ）くばかりだった。金子勢や片岡勢に高い士気がなければ、これをみただけで腰が砕けたに違いない。

むろん、受けて立ったのである。

翌六日には北からも、回りこんで西からも毛利の東軍は攻めてきた。

だが、金子城は簡単に落ちなかった。十倍を超える戦力の差で、一週間以上も戦いは続いている。落城は七月十四日である。

七月十七日には、金子元宅の守る高尾城も毛利西軍によって落城した。元宅は自害し、長い金子の陣は終わった。新間の海岸に来たときから数えれば実に二十日に及んでいる。

金子勢や、片岡ほか長宗我部の援軍は壊滅した。

しかし、毛利軍の被害も尋常ではなかった。上陸の失敗で百を超える軍船が破壊され、真夏の野営で命を落とした兵は数知れない。生き残ったものも刀や槍の傷で血にまみれ泥に汚されて疲労困憊、まともに立って歩けるものはほとんどいなかった。

毛利輝元は、だから記録に残したくなかったのである。

片岡光綱は七月七日の朝に討ち死を遂げている。

金子城の北東、高築砦（たかづいとりで）で始まった攻防戦で、手勢に鬨（とき）を作らせ重藤（しげとう）の弓を振るって、まっさきに飛びこんでいった。

「又左衛門、孫左衛門、後に続け」

光綱は馬を蹴った。

「急いで続くな」

最後の言葉である。

金子元春はこの戦のあと逃げ延びて、今治の大雄寺の僧侶に救われた。長い修行の末に故郷に戻り、戦で生き残った者と力を合わせて金子城の跡に寺院（慈眼寺）を建立した。慶長十八（一六一三）年のことである。戦で亡くなった人々の霊を弔い、みずから故郷の復興の支えとなったのである。

慈眼寺は今もこの地に悠然と建っている。きわだって見事な風格と、遠き領主の慈愛が尊ばれ、今日も広く新居浜の人々の信仰を集めている。

藤田右馬介は、光綱討ち死の報を聞くや、家臣二名を連れて、片岡を出た。

竹内又左衛門と上村孫左衛門ほか四名が、遺骸を張輿に乗せて戻ってきているのだという。

片岡勢が出陣したあと、右馬介は片岡城の座敷に座したままであった。口にするのは水のみ、目を閉じて、いつも涼やかに前に座っていた光綱の姿だけを思い描いていた。

――心はお屋形さまのもとにございます。某がお守りしております。

それだけを唱え続け、ようやく日々を継いできたのである。

――わしが傍におれば……。

夏山を行けば、熊蝉の声が耳を劈き、汗は頭の上から滝のように流れおちている。だが、暑いという感覚はなかった。

――百本の矢、千本の槍をかわりに受けておった。

悔しい。これほどの悔しさがあるのか。

全身がぶるぶると震えだした。嚙みしめすぎて、唇からは血が滲んだ。

馬をひく小者が呟いた。

「お屋形さまは、このお覚悟のみ。誰も傍に近寄らせなかったのではありますまいか」

「言うな」

黙らせた。

そんなことはわかっている。だからこそ、傍にいたかった。前に飛びこんで、一番辛い矢を、一番痛い槍を、かわりに受けたかった。

伊予に入った山中で、竹内又左衛門、上村孫左衛門に、あと四名の家来が張輿を舁いて戻ってくるのに行きあたった。

「藤田殿か、我らじゃ」

味方だと知るや、肩から轅をはずして地面におろし、竹内又左衛門と上村孫左衛門が右馬介に駆けよってくる。

全身刀や槍を受けて傷だらけ、血まみれのうえに、襤褸布のように汚れて疲れはて、ここまで泣き続けたせいか、目が爛れてほとんど開いてなかった。

「……大丈夫か」

「藤田殿……も、申しわけござらん」

ふたりは両手をついて地に伏した。

「お屋形さまをお守りできなんだ……こらえてくれ。こらえてくれ」

守りたかったのは家臣ならみな同じなのだ。

しかも領主の思いは、その家臣を守ることだった。

「……よう、お連れしてくれた」

輿に近づく。

「藤田殿、いかん。お屋形さまは……」

言うのも聞かず引き戸を開ける。

「おお……」

莚にくるまれた光綱をみるや、右馬介はとりすがった。

「生きておられるぞ！　生きておられるではないか。お、お屋形さま……光綱さま、右馬介にございます。よう、土佐にお帰りなさいました」

無我夢中で莚を解いた。

皆、落涙するよりほかなかった。遺骸はこの暑さのなか数日を経て、すでに腐臭まで放っていたのである。

傷ついた光綱の体を、右馬介は何度も何度も両の手でなでた。

「おお、温かい、温かい……やはり、生きておられるのう。痛かろうに、なんと我慢強くあられることか。さあさあ、某に寄りかかられよ」

莚を払いのけ、自分が背負った。

「お屋形さま、藤田右馬介、今度こそおそばを離ませぬぞ」

皆平伏した。藤田右馬介も光綱とともに金子の陣を戦っていたことを、それぞれが知ったのである。

言葉通り、右馬介は、光綱のそばを片時も離れなかった。

遺骸は右馬介に背負われて片岡領まで運びこまれた後、樅の木山にある吸江寺の末寺、瑞泉寺で荼毘に付された。

首以外はそこに埋葬されたが、首はまた右馬介の胸に抱かれて片岡まで持ち帰られた。

『越知町史』によれば、光綱は従臣百五十と雑兵二百を従えて、金子陣攻防戦に出陣、陣中に自決して果てたとある。記述が異なる資料もあるので詳細ははっきりしない（『片岡盛衰記』には戦没した家臣の名前が載っており、その数百二十一名である）。光綱の遺骸は片岡城下の妙福寺に埋葬されて、翌日供養の儀式がとりおこなわれたが、参列した民の数は数千に及んだとある。寺の敷地には到底入りきれず、仁淀川は嘆き悲しむ人の姿で川中まで埋めつくされたという。

その後、『越知町史』は、藤田右馬介を筆頭に、竹内又左衛門、上村孫左衛門ほか三名の家臣が瑞泉寺に戻り、割腹して殉死を遂げたと書く。ほかの殉死者を載せる文献もあるのでこれもはっきりしない。だが、藤田右馬介の名だけはどの資料も挙げている。

右馬介は光綱のあとを追ったのである。

墓の前に手をついてこう言ったかもしれぬ。

「お許しくだされ、光綱さま。某の務めは存じております」

家を守れと言い渡されている。生きて嫡子の補佐をする役目である。

「だが……だが、右馬介は、どうにも、どうにも」

今日まで生きたのが精いっぱい、もはや立つことも息をすることもしたくない。

右馬介の畿内の話を聞いて、光綱は仁淀の地を守る決断を固めたのかもしれない。ならば領主の死は自分のせいではないか。あの潔い気性を知りながら、この戦国にどう生きていこうとするか考えればわかりそうなものなのに、みたままをそっくり伝えた。そんな愚かな自分がどうして生きていけようか。

「光綱さま……某の替わりはおりましょう。だが、光綱さまの替わりはどこにもおられません。光綱さまはもうおられん……腹を切ることを許してくだされ、どうか、どうか」

墓に平伏した。

そのうち不思議な光が右馬介を包みはじめた。ゆきの話を聞いたときに感じた、あの光である。背中があたたかく照らされるのを右馬介は感じた。

「ああ……お許しくださるか」

懐から紙に包んだ小刀を取り出す。

「すぐ参りますぞ。戦の話を聞かせてくだされよ」

二人の墓碑は、今も土佐の山中に向かい合わせになって建っていると『吾北村史』は記している。

天正十三年七月二十五日、長宗我部元親は豊臣秀吉に降伏した。土佐一国の領有を認められて、豊臣氏の外様大名となった。

仁淀の地は残ったのである。

仁淀川に染む

栄えの昨日があれば、滅びの今日がある。

いくさ馬に乗る人の歴史はそうである。それに巻きこまれた周囲の人々の歴史もまたそうであった。

だが、自然の流れに沿って生きている民には、日に焼かれる夏や、作物を腐らせる長雨、地を凍らせる冬があっても、水がゆるんで緑が芽吹く春や、豊かな実りの秋がかならず巡りくる。四季とともにある暮らしが、人の歴史を繋いでいったのだろう。

それにしても、天正十三年から十五年のあいだ、片岡の領地を流れる仁淀川は何をみてきただろう。

父・茂光の家訓に従って、片岡光綱が命にかえても守った地であった。

誰もがその言葉を信じ、つき従った。

その光綱が死んだ。それからわずか三年のあいだに片岡氏は歴史の表舞台から消えていった。

天正十四年には、嫡男の光政が戦死した。

秀吉が九州の島津征伐の先陣に長宗我部氏の出陣を命じ、元親は土佐中の優れた武将を駆りだしたのである。光政は戸次川（へつぎがわ）の陣で元親の嫡男・信親とともに討ち死した。

二十六歳であった。

その翌年、天正十五年に直季が病死した。

いつまでも生きてこの地を守ることを片岡一族から期待され、血族として子孫を増やすことを長宗我部から強いられていた直季だった。開墾した山端の田で稲を採り入れている最中に、急に胸を押えて倒れたのである。

享年、四十二歳だった。

理春尼もまた、光綱の死から四か月後に、瑞応寺で静かに生涯を終えている。

こうして片岡の戦国は、秋の日のつるべ落としのごとく、西の稜線へするすると吸いこまれていった。給人屋敷は家主を失って朽ちはてるか、どこからか人が移って住み始め、黒岩新町もいつしか消えて、元の田畑に戻っていった。

十年後には豊臣も滅んだ。

長宗我部も信親の死後、一気に衰退をたどった。

土佐だけでも二万、全国ではその数十倍の人々を葬りながら、いくさ馬に乗る者の時代が終焉した。

徳川家康の命に従って山内一豊（やまうちかつとよ）が土佐に入国したのは、慶長六（一六〇一）年のことである。その二年後、江戸に幕府が開かれて、時代は移った。

だが、仁淀川は流れている。今も清らかな大河である。

その中流域は、片岡光綱が命を捨てて守った豊穣の地である。

黒岩新町のあった黒岩は現在、静かな農村である。小学校では児童が学び、保育園には子供たちが遊んで、田園がゆったり広がっている。北にはあのころと同じ山が連なり、南には同じく柳瀬川が累々と流れて、上流には理春尼が住んだ瑞応寺がある。理春尼が育てた盆踊りは夏祭りの行事として、今も大切に受け継がれている。

仁淀川本流に戻ってくだっていけば、柴尾地区で坂折川が入ってくる。あのころと同じように左右に水田が満ちており、コスモスの植えられた河川敷の公園から、横倉山の御陵（比定地）を望むことができる。

流れがうねるのに任せてさらにくだれば、左手に民家がかたまってみえる。片岡地区である。川のそばには茶園堂跡があり、その右上手には妙福寺。光綱を供養した寺であり、境内には光綱の墓がある。この地でも住む人によって盆踊りは続いている。

あの日ゆきがみた法厳城のあった岡本山は、いまも剣のようにするどく美しく東に聳え、まぶしい緑を仁淀川に映している。

そのうち、上八川川が流れこんでくる。仁淀の本流からそれて北東にのぼっていけば、山あいの村々が左に右にと続いていくが、こんな上流になっても広がっていく田畑の数に驚かされる。片岡光綱とその一族が守り育てた仁淀川水系のこれらの地は、今日もなお当時のままに、穀倉地帯として高知県で重要な位置を占めている。

いの町吾北総合支所の裏が柚の木野城跡で、片岡直季の墓がある。

直季の亡くなった後、四人の子はみなたくましく成人した。

このうち長男直忠は、大阪夏の陣で長宗我部盛親とともに戦没した。二男直春は関ヶ原の戦いののちに中追(なかおい)（伊野市）に、三男、直賢も小高坂村(こたかさむら)（高知市）に帰農している。

直季の跡を継いだのは四男直正だったが、直正は片岡の宗領家・片岡光政の二人の子供の養育もした。このうち長男・熊之助(くまのすけ)は数奇な人生を歩んでいる。

山内氏が入国後、長宗我部遺臣の反乱が起きたが、片岡もそれに与したことを執拗に探られ、総領である熊之助に危険が迫る。直正は熊之助を伊予まで逃がした。だがそこも危なくなって、讃岐に逃げ象頭山(ぞうずざん)(今日金毘羅宮が鎮座する山)にのぼった。そこで宥盛(ゆうせい)という住職に見出だされたのである。

象頭山は古くから山岳信仰の対象だった。これに農村や漁村らさまざまな人びとの信仰が付加されていったというが、象頭山に金毘羅神が祀られたいきさつは不明という。最初に資料に出てくるのは元亀四（一五七三）年、象頭山松尾寺(まつおじ)に「金毘羅王」の宝殿を松尾寺別当・金光院の僧都である宥範が造営したとある棟木である。関ヶ原の合戦の年、金光院別当になったのは宥盛であった。この宥盛のもとに、熊之助は身をよせた。慶長十（一六〇五年）、宥盛は熊之助に宥の一字を贈り、多聞院という別院を開創させ、宥曜(ゆうせい)と名乗らせた。修験の院跡を代行するようにはからったのである。

その十年後、長宗我部盛親が大坂夏の陣に出陣すると聞いた熊之助は、宥盛に請うて還俗し大阪に向かった。長宗我部への臣従を最後までつくすためであろう。

熊之助は生き延びる。象頭山に戻り、多聞院宥曜として、それからはゆるぎない信仰の道に入ったのである。光綱の血脈は讃岐へもひろがった。

金子の陣で、片岡光綱は金子元春に、生き抜いて故郷の復興の灯になれと言った。元春が慈眼寺を開創したのとほぼ同時期に、光綱の孫もまた、光綱の言葉を形に変えて、四国復興の礎になったのは不思議な符号である。

時代はさらに流れたが、片岡一族は営々と生き続ける。

幕末開港期に、土佐勤王の志士として活動した葉山（高岡郡津野町）の郷士・片岡直英（孫五郎）が片岡直季の直系の子孫である。直英は財をなげうって国を憂う若い志士たちの脱藩を助けた。時勢を見抜く知性は光綱からも受け継がれている。

直英の二人の子のうち、兄、片岡直輝は日本銀行大阪支店長、大阪瓦斯社長、南海鉄道社長など数々の要職を歴任した関西経済界の重鎮である。また弟、直温は日本生命保険の創立に関わって社長に就任、政界入りしてからは第二次加藤高明内閣の商工大臣、第一次若槻内閣では大蔵大臣を務める。ともに明治期のインフラ整備に邁進、列島の中心で日本を牽引した。

また、光綱から数えて十四代、熊之助から十二代目にあたる片岡勝太郎（大正五年生）は、アルプス電気株式会社（現・アルプスアルパイン株式会社）の創業者である。善政を為した領主が自らの祖先であることを知って以来、勝太郎とその子孫は、越知町の発展に尽力を続けている。光綱の意思は時代を超えて今なお生きているのである。

野の花をあつめ、右馬介の桶にいれて、ゆきは直季の墓に向かう道をのぼっていた。亡くなって今日で百日目。不思議とつらくない。

こうなるのではないかと、ずいぶん前から知っていた気がする。そして自分が直季なら、やはり長く生きることはできなかったろうと思う。

いつもゆきに言っていた。いつまでも元気でいてくださいと、なにかにつけては頼んでいた。

「ゆき殿のおかげで、わたしは幸せになれました。ゆき殿はずっとずっと生きて、人々の光になってください」

あれはこういうことだったのだと、自然に思える。

——それにしても最後まで、わが妻に「殿」をつけて呼ぶなんて。

思い出して微笑んだ。

「直季さま、心配なさらないでください。ゆきは、いつまでもこの地で生きてまいります」

仁淀川のたもとで、意味をもった人生が与えられたのである。

今は母のみつも上八川に来て、夫をなつかしみながら四人の孫と元気に暮らしている。西長門守兄弟は結局岡豊に帰らずに、ゆきの家の下に住み、毎日挨拶にきては鍬を担いで畑仕事に行く。ほかにも光政の二人の子どもに光政の妻まで、ゆきのまわりには多くの人がいた。

上八川のいたる所にある茶園堂には、手のすいた女たちが毎日手伝いに来るし、字を習いに子供たちも寄ってくる。人々は朝早く川内神社に手を合わせてから田畑にでかけ、日が沈むころ、もう一度寄って頭をさげてから家に戻った。

続く暮らしがある。

栄えの頂きというのではない。だが、確かな日々である。

そして、その中心が仁淀川なのであった。


直季の墓の前に白い裃を着た人が正座している。

——シゲ。

遠くからでも、その物腰でわかった。

「そろそろ、おそばに行きとうございますなあ」

背を丸めた後姿がそう言っている。

「……いや、ゆきさまは大丈夫……そう申せられても、シゲにも我慢の限りがござるでな」

近づきがたい。歩みをとめた。

「……いやいや、ここでは腹を切らん。直季さまとやりたいことがあるんでな」

さっと白い裃を脱いだ。下にはいつもの太布を着ている。

「これより上八川川にまいりましょうで。片岡についたら船を置いて、山を越えますでな、こりゃあ、急がにゃならん」

白髪を括っている細縄をほどいて、もう一度固く締め直した。

「……それから柳瀬川にいって、柳の陰からゆきさまを待ちますで。直季さまも言うべきことは言わにゃあならんきに」

少し笑ったようだった。

「……そのあとは、仁淀川をのぼって、のぼって……どこまでものぼっていきますで。直季さまがええというまで、シゲは漕ぎ続けますで」

足元に置いていた棹をつかんで立ちあがった。

ゆきはとっさに物陰に隠れた。シゲの思うようにさせてやりたかった。

そのまま坂を走りおりる。杭から縄がほどかれ、ぎっしと音をたてて、シゲの船は静かに岸を離れていく。

「そうだ、あれに乗ってここに来た」

思わず目を閉じた。川から春の風が吹いて全身をつつみこむ。

「ああ、美しい……美しい、風景だった」

仁淀川から柳瀬川……顔を洗いに出かけた若い日があった。

「そう……あの船に直季さまが乗ってこられた。それから落合に行って……」

涙が頬をつたった。

「戦乱の世に、なんと幸せだったろう」

シゲの船が遠ざかってゆく。

あのまま仁淀川に流れて、静かに消えていくのだろう。（了）

【著者紹介】

植木　博子（うえき　ひろこ）

岡山大学文学部国文科卒業。
立教大学経済学部大学院博士課程前期課程修了。経済学修士。

仁淀川に染む

2018年9月13日　第1刷発行
2019年9月26日　第2刷発行

著　者 ― 植木　博子

発行者 ― 佐藤　聡

発行所 ― 株式会社 郁朋社

〒101-0061　東京都千代田区神田三崎町 2-20-4
電　話　03（3234）8923（代表）
ＦＡＸ　03（3234）3948
振　替　00160-5-100328

印刷・製本 ― 日本ハイコム株式会社

題　字 ― 田尻　雅代

写真提供 ― 著者撮影

装　丁 ― 根本　比奈子

落丁、乱丁本はお取り替え致します。

郁朋社ホームページアドレス　http://www.ikuhousha.com
この本に関するご意見・ご感想をメールでお寄せいただく際は、
comment@ikuhousha.com までお願い致します。

 ISBN978-4-87302-676-3 C0093